북검전기

우각 新무협 판타지 소설

FANTASTIC ORIENTAL HEROES

북검전기 6

우각 新무협 판타지 소설

초판 1쇄 찍은 날 § 2015년 4월 8일
초판 1쇄 펴낸 날 § 2015년 4월 15일

지은이 § 우각
펴낸이 § 서경석

편집부장 § 권태완
편집책임 § 박은정
디자인 § 신현아

펴낸곳 § 도서출판 청어람
등록번호 § 제387-1999-000006호
등록일자 § 1999. 5. 31
어람번호 § 제2-2584호

주소 § 경기도 부천시 원미구 부일로 483번길 40 서경B/D 3F (우) 420-822
전화 § 032-656-4452 팩스 § 032-656-4453
http://www.chungeoram.com
E-mail § chungeorambook@daum.net

ISBN 979-11-04-90188-1 04810
ISBN 979-11-316-9283-7 (세트)

6

북검전기

우각 新무협 판타지 소설

FANTASTIC ORIENTAL HEROES

청어람
도서출판

目次

1장 누구나 정상을 꿈꾸게 마련이다   7

2장 시간이 흘러도 희석되지 않는 기억이 있다   43

3장 강호는 넓고 사람은 많다   81

4장 원한은 잊는 것이 아니라 가슴에 담아놓는 것이다 117

5장 때로는 자존심이 전부일 수도 있다   165

6장 과거의 악몽은 다시 반복되게 마련이다   213

7장 그래도 후회는 하지 않는다   251

8장 난세의 바람이 불어오다   291

누구나 정상을 꿈꾸게 마련이다

옛것과 새것이 교차하는 순간이 온다.
시대의 격류는 모든 것을 쓸어버리고, 새로운 질서를 만들어낸다.

투쟁하지 않는 자,
옛것과 함께 사라질지니…

쟁패의 시대,
무인의 시대가 열린다.

　황철 등과 이별한 후 진무원은 방향을 동쪽으로 돌려 잡았다. 운중천이 있는 호북성으로 가기 위해선 반드시 사천성을 가로질러야 했다. 일행과 헤어진 덕굉에서 사천성으로 넘어가는 것은 결코 쉬운 일이 아니었다.

　덕굉과 접경한 사천성 서부는 무척이나 높은 고원지대로 이뤄져 있다. 험준한 고봉과 첩첩산중의 연속이고, 제대로 된 관도는커녕 소로조차 없어 사람들의 그림자 하나 보이지 않았다.

　제대로 된 길잡이가 없다면 몇 날 며칠을 산속에서 헤매다가 탈진해 죽기 좋은 곳, 혹 운이 좋아 며칠을 무사히 살아남았더라도 종국에는 짐승의 밥이 되어 최후를 맞이하기 좋은 곳이 바로 사천의 서부 고원지대였다.

그나마 진무원 일행은 사정이 좀 나았다. 당기문이 앞장서서 길을 안내하고 있었기 때문이다. 당기문은 평소에도 독물을 구하기 위해 사천성 곳곳을 이 잡듯 뒤지고 다녔고, 이 근처에도 몇 번 온 적이 있었다.

하지만 그런 당기문조차 비슷비슷한 지형과 분위기 때문에 길을 몇 번이나 잃고 제자리로 돌아와 처음부터 다시 시작해야 했다. 그래도 일행 중 누구 한 사람 화내는 사람이 없었다.

험준하기 이를 데 없는 산길을 걷는데도 일행의 모습엔 여유가 있었다. 진무원과 청인, 당미려는 무공을 익힌 고수였고, 하진월과 당기문은 무공을 모르긴 했으나 그래도 일반인보다는 월등한 체력의 소유자였기 때문이다.

더군다나 당기문은 하진월이 끌고 온 커다란 소를 타고 있었다. 말도 오르지 못하는 험준한 산길을 누런 소는 씩씩거리면서도 잘도 올랐다. 일반 소보다 두 배는 큰 몸집과 그에 어울리는 엄청난 양의 근육이 그것을 가능하게 한 것이다.

당기문이 누런 소의 등을 만지며 감탄을 금치 못했다.

"허! 일개 소가 대단하군. 이 커다란 몸집으로 어찌 이렇게

산을 잘 탈 수 있는지 이해가 되지 않는군."

"하하! 형님, 사람 중에서도 간혹 별종이 나오듯 소에서도 그런 종자가 나온답니다. 이 녀석 역시 그런 놈 중 하나지요. 저는 이놈을 황아(黃兒)라고 부릅니다."

하진월이 누런 소의 등을 토닥이며 대답했다. 그러자 자신의 이름을 알아듣기라도 한 듯 황아가 귀를 위아래로 움직이며 나직한 울음을 토해냈다.

"황아라……. 어울리는군."

"그렇지요? 요놈이 아주 보물단지입니다."

며칠 같이 붙어 다니더니 당기문과 하진월은 서로가 마음에 들었는지 의형제를 맺었다. 당기문이 형이 되고 하진월이 동생이 되었다.

그런 두 사람의 모습에 당미려가 고개를 절레절레 저었다. 그녀는 당기문이 저렇게 다른 사람과 죽이 잘 맞는 모습을 처음 봤다. 당기문이 원래부터 저렇게 말이 많은 사람이었는지 자신의 두 눈을 의심할 정도였다.

'천재끼리는 통한다더니 그래서 그런 건가?'

당미려가 아는 당기문은 천재였다. 하진월 역시 마찬가지다. 그래서인지 몰라도 두 사람은 어딘지 모르게 비슷한 면이 많았다.

당미려의 시선이 문득 앞서 걸어가고 있는 진무원을 향했다. 사천의 고원지대에 들어오면서부터 진무원은 부쩍 말수가 줄었다.

분명히 같이 걷고 있지만 의식은 다른 곳에 있는 것처럼 느껴졌다. 마치 자신의 내면세계 깊숙한 곳으로 침잠해 들어간 것 같았다.

"진…… 무원."

당미려는 무의식중에 그의 이름을 부르다 화들짝 놀라 주변을 돌아봤다. 그러나 다행히도 그녀의 목소리를 들은 이는 없는 것 같았다.

당미려의 얼굴이 붉어졌다.

언제부턴가 진무원의 사소한 몸짓들이 눈에 들어오기 시작했다. 시선을 주지 않으려 해도 자연스럽게 고개가 그가 있는 쪽을 향해 돌아갔다. 하지만 진무원은 그 사실을 아는지 모르는지 그녀에게는 눈길조차 주지 않았다.

"휴우!"

그녀가 자신도 모르게 나직이 한숨을 내쉴 때 갑자기 앞쪽에서 부스럭거리는 소리가 들려왔다.

당기문과 하진월이 잡담을 멈췄고, 진무원이 심상의 세계에서 빠져나와 전방을 바라보았다.

"후아! 아주 죽겠다!"

너스레를 떨며 누군가 수풀을 헤치고 그들 앞에 나타났다.

낯선 얼굴의 중년인이다. 그러나 일행 중 놀라는 사람은 없었다. 모두 그가 청인이란 것을 짐작하고 있기 때문이다. 청인의 옷에는 풀잎이 잔뜩 묻어 있었다.

당기문이 물었다.

"길은 찾았는가?"

"예, 말씀하신 대로 조그만 소로가 있더군요. 워낙 수풀이 우거져서 지나칠 뻔했는데 어쨌거나 찾았습니다."

"잘했네. 원래 짐승들이 다니던 길인데 아직 남아 있다니 다행이군. 앞으로도 그런 길을 계속 찾아야 할 걸세. 힘들겠지만 몇 번 갈아타다 보면 이곳을 벗어날 수 있을 게야."

청인의 대답에 당기문이 안도의 한숨을 내쉬었다.

사람의 흔적이라곤 찾아볼 수 없는 고원지대이다. 애당초 사람이 다닐 수 있는 길이 있을 리 만무했다. 그나마 짐승들이 자주 다니는 길을 따라 움직이는 것이 가장 효율적이었다.

따지고 보면 산에 난 길 대부분이 먼저 짐승들이 낸 것이다. 그 후로 사람이 다니면서 제대로 된 길이 생기는 것이다.

청인이 투덜거리면서 진무원의 옆으로 다가왔다.

"젠장! 이젠 하다하다 길 찾는 것까지 시키냐? 너무하는 거 아냐?"

"그래도 우리 중에서는 가장 길 찾는 데 능하니까요."

"나에게 길 찾기를 시키는 인간은 너밖에 없을 것이다. 떠

그럴!"

　그러면서도 청인은 싫지 않은 표정이다.

　언제부턴가 그는 조금씩 진무원과 일행에게 동화되어 가고 있는 자신을 느끼고 있었다. 본모습을 보여주는 것이 싫어 여전히 매일같이 얼굴을 바꾸고 있지만, 그래도 목소리만큼은 바꾸지 않는 것이 그 증거였다.

　"고생하셨습니다."

　"지랄! 고생은……."

　말은 그렇게 했지만 전혀 싫은 표정이 아니다.

　진무원은 미소를 지으며 걸음을 옮겼다.

　청인의 말처럼 조금 더 걷자 짐승이 다니는 조그만 길이 나타났다. 소로는 미리 알고 찾지 않았다면 모르고 지나갈 만큼 은밀하게 숨겨져 있었다.

　진무원과 일행은 소로를 따라 한참을 걸었다. 하지만 얼마 지나지 않아 해가 지기 시작했고, 산에는 금세 땅거미가 내려앉았다.

　결국 진무원과 일행은 적당한 곳을 찾아 노숙을 해야 했다. 청인은 노숙을 할 만한 곳을 금방 찾아냈다.

　집채만 한 바위 두 개가 맞닿아 있는 곳이다. 바위가 바람을 막아주고 마침 멀지 않은 곳에 조그만 샘이 있었다.

　청인이 나뭇가지를 모아 불을 피우고 당미려가 물을 길어왔다. 그사이 진무원은 토끼 두 마리를 사냥해 왔다. 일련의 작업은 순식간에 진행됐고, 그들이 노숙하는 곳에서는 고기 익는 냄새가 진동했다.

"이런 좋은 자리에 술이 빠져서는 안 되지. 흐흐!"

하진월이 황아라고 부르는 누런 소 곁으로 다가갔다. 황아의 옆구리에는 가죽 주머니가 주렁주렁 매달려 있었다. 하진월은 그중 하나를 뒤져 커다란 술병을 꺼내 들었다.

그에 당기문이 너털웃음을 터뜨렸다.

"역시 아우가 뭘 좀 아는구만."

"암요. 제가 뭘 좀 알죠. 흐흐!"

그 모습을 보면서도 진무원과 청인은 그러려니 하며 아무런 반응도 보이지 않았다. 이미 지난 며칠 동안 반복되어 온 일이기 때문이다.

그들은 토끼 고기와 함께 술잔을 주거니 받거니 했다. 진무원과 청인도 곁에 앉아 가끔 술 한잔을 얻어 마셨다. 그렇게 한 시진이 지나자 모두가 곯아떨어졌다.

모두가 잠이 들었지만 진무원은 쉽게 잠들지 못했다. 진무원의 망막 가득 별의 바다가 들어왔다.

그 아름다운 모습에 진무원은 자신도 모르게 자리에서 일어났다. 그는 별이 가장 잘 보이는 곳을 향해 걸음을 옮겼다. 그렇게 도착한 곳은 노숙지에서 약간 떨어진 곳에 위치한 커다란 바위였다.

바위 정상에 오르자 별들의 바다가 더 선명하게 보인다. 진무원은 한참 동안 우두커니 서서 그 모습을 바라보았다.

그때 옆에서 누군가의 투덜거리는 목소리가 들려왔다.

"무얼 그렇게 보는 것이냐? 별 따위가 뭐 대수라고."

언제 다가왔는지 하진월이 서 있었다. 진무원은 놀라지 않고 오히려 미소를 지었다.

"그냥 신기해서요."

"신기할 것도 많다."

하진월이 바위 위에 털썩 주저앉으며 말했다. 진무원도 그를 따라 옆자리에 앉았다.

하진월이 술병을 내밀었다. 진무원은 사양하지 않고 한 모금을 마신 후 다시 하진월에게 건넸다. 하진월은 숨도 쉬지 않고 술을 발칵발칵 들이켰다.

"크으!"

술병을 입에서 뗀 하진월이 소매로 입가를 닦았다.

"그래도 아름답기는 지랄같이 아름답구나. 마치 환상 같아."

손을 뻗으면 금방이라도 별을 잡을 수 있을 것처럼 생생하게 느껴졌다. 하지만 아무리 손을 뻗어도 별을 잡을 수 있을 리 만무했다.

허공을 휘젓는 하진월의 손짓은 공허하기만 했다. 진무원은 그런 하진월을 말없이 바라보았다.

'각자 살아가는 이유와 목적이 다른 법.'

하진월이 어떤 이유를 가지고 자신과 함께하는지 알지 못했다. 아직 그 정도까지 서로의 속내를 털어놓을 정도로 유대감이 강한 것도 아니다. 그런데도 그와 함께 같은 길을 걷는데 아무런 이질감도 느껴지지 않는다는 것은 굉장히 놀라운 경험이었다.

문득 하진월이 물었다.

"네놈은 가슴의 울림대로 살아가겠다고 했다. 그것이 얼마나 어려운 일인지 알고 있느냐?"

진무원이 말없이 고개를 저었다.

"흐흐! 그럴 줄 알았다. 네놈 말은 대부분의 사람이 평범하게 살아가겠다고 말하는 것만큼이나 허황되다. 그 사실을 알고 있느냐?"

"평범하게 사는 것이 허황된 겁니까?"

"대체 평범하게 산다는 것이 무엇이더냐? 딱 남이 사는 만큼 산다는 것인데, 결국 기준을 자신이 아닌 타인에 두고 산다는 것이 아니더냐? 잘사는 놈과 못사는 놈, 강한 놈과 약한 놈, 모든 것을 두 부류로 나눠놓고 딱 그 중간으로 살겠다는 것인데 그것이 가당키나 할까?"

"······."

"가슴의 울림대로 살겠다는 것도 마찬가지다. 대체 네놈의 가슴이 말하는 울림이 무엇이더냐? 결국 네 꼴리는 대로 살겠다는 것 아니냐? 수많은 사람이 지켜야 할 규범이 있고 질서가 있다. 그런 질서와 규율을 무시하고 네 꼴리는 대로 살겠다? 그러니 어찌 허황되지 않을까? 모난 돌이 정을 맞는다고 했다. 네 꼴리는 대로 행동했다가는 강호인은 물론이고 일반 백성에게도 배척을 받을 것이다. 대다수의 사람은 남들이 자신보다 잘나서 마음대로 하는 꼬라지를 그냥 두고 보지 못한다. 분명 무시무시한 질시의 눈길이 쏟아지고 엄청난 야유가 쏟아질 것이다. 어쩌면 후대에 네놈은 무시무시한 악인으로 기억될지도 모른다. 그래도 네 꼴리는 대로 살아갈 자신이 있느냐?"

"안 될 것은 뭐가 있습니까?"

"뭐라?"

"제 아버지가 왜 돌아가셨는지 아십니까?"

"그야 운중천과 전 중원의 압박 때문이 아니더냐?"

"틀렸습니다. 제 아버지는 그런 이들의 협박에 눈 하나 깜빡할 분이 아니었습니다. 차라리 싸우다 죽으면 죽었지 자결을 택할 분이 아니었습니다. 그런데도 스스로 죽음을 택하셨습니다. 바로 저 때문에······ 오직 저 하나를 살리기 위해. 저는 제 아버지의 희망이고 그분의 죽음이 헛되지 않았다는 유일한 증거입니다."

진무원이 자리에서 일어났다. 하진월이 그런 진무원의 모습을 말없이 바라보았다.

"그분께서는 그러셨습니다. 인생은 자신의 삶이 옳다는 것을 증명하기 위해 투쟁하는 긴 여정이라고. 그에 대한 평가는 후대의 몫으로 남겨두고 현재의 삶에 충실하라고."

"으음!"

"그래서 그렇게 살려 합니다. 그게 잘못된 일입니까?"

진무원의 질문에 하진월은 대답하지 않았다. 잠시 진무원을 노려보던 하진월의 얼굴 전체로 한줄기 미소가 먹물처럼 번져 가더니 갑자기 앙천광소를 터뜨렸다.

"으하하! 그놈, 말은 참 시원하게 하는구나! 으하하하!"

하진월의 웃음소리가 밤하늘에 울려 퍼졌다. 그가 자리에서 일어났다.

"그 기백은 좋다. 하나 그렇게 살기 위해서는 네가 반드시 알아야 할 것이 몇 가지 있다."

"그게 뭡니까?"

"세상을 읽는 눈. 이면을 읽는 통찰력이다."

"알아듣게 설명해 주십시오."

"네놈이 알아듣기 쉽게 북천문을 예로 드마. 과연 북천문의 몰락이 하루 만에 일어난 것이더냐? 아무런 조짐도 없이 모든 무림인이 몰려와서 문을 닫게 했을까? 하나의 큰 사건이 일어나기 위해선 반드시 전조(前兆)가 있다."

"전조?"

"내 오래전부터 강호란 곳을 살펴보니 평균적으로 한 사람이 죽으면 그보다 열 배는 많은 자가 다치더구나. 그리고 다친 사람보다 수십 배는 많은 사고나 분쟁이 일어나더구나. 북천문이 멸문을 당할 때도 그랬다. 강호 곳곳에서 예전과 다른 수십 가지의 움직임이 일어났고, 그보다 열 배는 많은 조짐이 나타났다. 이전의 강호와는 전혀 다른 흐름이 나타난 것이다. 네 아비는 그런 전조들을 간과했고, 결국 그 흐름을 이해하지 못해 북천문이 멸문을 당하는 최악의 결과를 초래했다."

"그것이 북천문이 멸문한 이유란 말입니까?"

"직접적인 이유는 운중천이라는 거대 세력의 탐욕이겠지. 내가 말하는 것은 그런 전조들만 미리 읽었어도 최악의 경우는 피할 수 있었단 뜻이다. 그래서 그러한 흐름을 읽는 안목을 키울 필요가 있다는 것이다."

하진월의 말은 비수가 되어 진무원의 가슴을 후벼 팠다.

'막을 수 있었던 일, 회피할 수도 있었던 시간, 이면을 바라보는 힘.'

마치 고승의 화두처럼 하진월이 던진 단어가 진무원의 머릿속을 맴돌았다.

진무원이 하진월을 향해 고개를 숙였다.

"가르쳐 주십시오."

하진월의 입가에 미소가 번져갔다.

＊　　　＊　　　＊

"이곳에서 싸움이 있었던 것이 분명합니다."

수하의 말에 담주인이 고개를 들었다.

얼마 전 진무원 일행에게 붙인 비선들이 감쪽같이 사라졌다. 담주인으로서는 뒤통수를 맞은 격이다.

그때부터 담주인은 직접 수하들을 이끌고 추적에 나섰다. 추적을 하는 것은 어렵지 않았다. 그가 이끄는 비선들은 반드시 흔적을 남겼으니까.

흔적을 따라 도착한 곳이 바로 덕굉현으로 가는 길목에 있는 강가였다. 강가에는 이제 희미해진 발자국 몇 개만이 남아 있을 뿐이다. 그런데도 그의 수하들은 그 속에서 싸움의 흔적을 찾아냈다.

"음!"

담주인이 무릎을 굽히고 바닥을 살폈다.

남은 것은 단순한 발자국 몇 개에 불과했지만 그 속에는 많은 정보가 담겨 있었다. 특히 담주인처럼 전문적인 훈련을 받은 사람일수록 알아낼 수 있는 정보의 양은 더욱 많았다.

다른 자국이 모두 희미해졌는데도 이것만 아직 또렷이 남아 있다는 것은 발자국의 주인이 무척이나 강한 내공의 소유자이거나 혹은 육중한 체구를 가졌다는 것을 뜻한다.

'패권회의 무인들이 대부분 이런 특징을 가지고 있지. 반대로 점창파의 무인들은 호리호리한 체구를 가지고 있고.'

무공의 특성에 따라 체형도 갈리게 마련이다. 담주인이 아는 한 운남성에서 이런 체형을 가진 이가 가장 많이 있는 곳이 바로 패권회였다.

'조천우가 이곳까지 따라온 것인가?'

충분히 가능성이 있는 이야기였다.

그가 아는 조천우는 결코 원한을 잊는 사람이 아니었다. 옥계 참사에서 입었을 자존심의 상처를 이곳에서 만회하려고 했을 가능성이 농후했다.

"으음!"

담주인이 침음성을 흘리며 허리를 폈다. 그의 얼굴은 그 어느 때보다 딱딱하게 굳어 있었다.

패권회에서 조천우가 신비롭게 사라졌다는 소식을 들은 것이 불과 얼마 전이다. 그와 함께 패권회의 주력 무인들도 사라졌다. 그 때문에 패권회의 동향을 감시하던 허동천이 상부의 질책을 받기까지 했다.

"곤명에서 사라진 자의 흔적이 이곳에서 발견되었다. 그런데도 그의 모습을 찾아볼 수 없다."

이 사실이 뜻하는 바가 무엇인지 모를 만큼 그는 멍청하지 않았다.

그가 부하들에게 외쳤다.

"이 근처에서 싸움이 있었다면 분명 어딘가 시신도 있을 것이다! 시신을 찾아내라!"

"옛!"

적무당 무인들이 대답과 함께 사방으로 흩어져 수색을 시작했다. 수색이 계속될수록 싸움의 흔적이 더욱 여실히 드러났다.

치열한 공방전의 흔적은 곳곳에서 발견되었고, 바닥에 뿌려진 핏자국이 드러났다. 하지만 어디서에도 시신은 발견되지 않았다.

거의 반나절을 소비하고도 시신을 발견하지 못하자 담주인의 표정이 처음으로 일그러졌다.

"철저하게 증거를 인멸했군."

그의 머릿속이 복잡해졌다.

백룡상단과 진무원 등이 이곳으로 지나갔다는 사실을 알고 있다. 그리고 조천우의 흔적이 이곳으로 이어졌고, 치열한 전투를 치른 흔적이 발견됐다.

"철기당과 백룡상단의 전력으로 조천우가 이끄는 패권회에 대응한다? 턱없는 소리. 그렇다면 역시 그들과 함께 움직이는 북검이 개입한 것인가?"

칠 년 전 가장 큰 주목을 받은 무인이 담수천이다. 백인비무행을 성공적으로 마친 그의 별호는 창천고성(蒼天孤星).

강호에 갓 출도한 무인이 받기엔 너무나 과한 호칭이지만 누구도 그에 거부감을 갖지 않았다. 그만큼 그가 강호에 던진 충격은 대단했다.

담수천은 백인비무행을 성공적으로 끝낸 후 무슨 이유에선지 폐관하고 두문불출했다. 강호인들은 그가 하루라도 빨리 폐관 수련을 끝내고 나오길 기대하고 있었다.

어떤 이들은 그가 다시 출도하는 날 강호의 역사가 바뀔 것이라고 말하기도 했다.

북검 진무원은 담수천 이래로 최고로 주목받는 젊은 무인이다. 그의 가공할 무위는 이미 옥계 참사에서 증명되었다. 하지만 그가 조천우를 상대할 수 있을 정도의 무인이라고는 누구도 생각하지 않았다.

심지어는 담주인도 그렇게 생각했다. 하지만 이젠 생각을 바꾸지 않을 수 없게 됐다.

시신이 발견되지 않았으니 아직 승부의 향방은 알 수 없다.

하지만 알 수 없는 불길한 느낌이 그의 등골을 타고 스멀스멀 올라왔다.

마치 손톱 밑에 가시가 박힌 기분이다. 지금 당장이야 따끔한 통증 정도에 불과하지만 이대로 방치해 두었다가는 손가락, 아니, 팔 하나를 송두리째 잘라낼 정도로 썩어들어 갈지 모른다.

그의 눈빛이 그 어느 때보다 차가워졌다.

"북검 진무원. 이제까지 그에 대한 정보는 모두 잊어버리고 전면 재조사에 들어가야 한다."

*   *   *

"허어!"

당기문은 진무원과 하진월이 바싹 붙어 있는 것을 보고 혀를 찼다. 사천성의 서부고원에 들어선 지 벌써 닷새째다. 무슨 일이 있었는지 모르지만 진무원은 하진월의 곁에서 떨어지지 않았다.

하진월은 진무원에게 자신이 알고 있는 지식을 조금씩 전수하기 시작했는데, 그 진폭이 일반인의 상상을 초월할 정도로 엄청났다.

—강호는 언제나 힘이 있는 자가 지배해 왔다. 말하자면 먹이사슬의 정점에 강자가 서는 것이지. 하지만 순수 무력만으로 그 자리에 선 자가 얼마나 있을까? 그들은 그 자리에 서기 위해 무척이나 오랜 시간 공을 들여왔다.

—결국 무림이란 강자가 구축한 그들만을 위한 지배 체계다. 현재는 그 정점에 운중천이 서 있지. 너는 그들이 어떻게 지금의 체계를 갖추었는지 알아두어야 한다.

—무림이라는 세계가 얼마나 더 존속할 수 있을까? 정말 힘이 있는 자만이 살아남는다면 현재 강호를 살아가는 백성들은 어떻게 살아남은 것일까?'

—순력(順力)이 존재한다면 당연히 그에 반하는 역력(逆力) 또한 존재한다. 무공이란 천외천의 힘을 가진 무인들에게 일반 백성은 어떻게 대응할 것인가? 당장은 어렵겠지만 시일이 흐르면 결국 그들 역시 가장 효율적인 대응 방법을 찾아낼 것이다. 그때가 되면 세상은 또 한 번 변하겠지. 결국 지금의 무림 또한 새로운 세상으로 넘어가기 위한 과도기에 불과할 것이다.

그 외 기타 등등.

하진월은 끝없이 가지고 있는 지식을 풀어냈고, 진무원은 물먹은 솜처럼 그의 지식을 받아들였다.

그런 두 사람의 모습에 당기문, 당미려, 청인 등은 혀를 내둘렀다. 그리고 충격을 받았다.

하진월이 세상을 바라보는 관점은 세 사람에게도 무척이나 큰 충격이었다. 세상을 그렇게 바라볼 수도 있다는 것에 놀랐고, 또한 논리가 정연해 반박할 수 없다는 것에 더 놀랐다.

'어떻게 저런 자가 세상에 알려지지 않을 수 있었지?

하진월을 바라보는 청인의 표정이 그 어느 때보다 침중했다.

흑월의 생명은 정보의 선점이다. 선점하고 수집한 정보를 무림 단체의 입맛에 맞게 가공해서 판매해 그 명맥을 이어간다. 때문에 강호의 변수가 될 만한 인물들에 대한 정보의 수집을 게을리하지 않았다.

그러나 진무원이나 하진월 모두 그런 흑월의 정보망에 걸려들지 않은 인재들이다. 아니, 단지 인재라는 단어로 뭉뚱그려 평가하기에는 너무나 뛰어난 인물들이다.

진무원의 무력도 파격적이지만 하진월의 철학이나 세상을 바라보는 관점 또한 절대 평범하지 않았다. 아니, 오히려 세상에 영향을 끼치는 부분에 있어서는 하진월이란 존재가 더욱 컸다.

거기에 당가에서 두문불출하던 당기문이 따르고, 당가의

재녀라는 당미려, 그리고 자신도 은연중 진무원의 주위를 맴돌고 있다.

'진무원이란 존재가 하진월을 끌어들인 것인가, 아니면 천재들이 서로를 알아보고 모이는 것인가? 그도 아니면 시대가 변하고 있는 것인가?'

머릿속이 복잡해졌다.

흑월의 비월로 활동하면서 이렇게 심경이 복잡한 적이 단한 번도 없었다. 그의 임무는 항상 명쾌했고, 단 한 번도 그에 대해 다른 생각을 해보지 않았다.

감시하고 그 내용을 흑월에 보고한다.

그렇게 단순하던 삶이 진무원을 만나면서 일대 전환점을 맞이하고 있음을 직감했다. 그래서 더 혼란스러웠다.

"하아!"

그가 무의식중에 한숨을 토해냈다.

당기문이 그런 청인을 보며 고개를 끄덕였다. 왠지 지금 이 순간 그의 마음을 이해할 수 있을 것 같았기 때문이다. 자신 역시 마찬가지 심정이기 때문이다.

'어쩌면 저들의 등장으로 인해 이 시대를 지배하는 강호의 틀이 큰 변화를 일으킬지도 모르겠구나.'

비록 무공을 익히지는 않았지만 그는 당가라는 명문의 구성원으로 오랫동안 강호에 몸담아왔다. 수많은 사람을 지켜봤고, 많은 문파의 흥망성쇠를 지켜봤다.

거기엔 일정한 흐름이 있었고, 대부분의 사람이 그에 순응하며 살아갔다. 하지만 그가 지켜본 진무원이나 하진월은 단순히 시대의 흐름에 순응하며 살 사람들이 아니었다.

그러나 세상은 결코 호락호락한 곳이 아니다. 그들은 갑자기 툭 불거져 나온 이질적인 존재를 순순히 용납하지 않는다. 진무원과 하진월이란 천재가 과연 세상의 못질 속에서 살아남을 수 있을지, 아니면 그대로 도태될지는 누구도 알 수 없다.

그 과정에서 두 사람의 주위에 있다는 사실만으로도 어떤 불이익을 당할지 몰랐다. 그때가 되면 당가는 당기문을 모르는 사람 취급할 것이 분명했다.

현재 강호의 명문이라 불리는 문파 대부분이 그렇게 자신을 보호하고 성장해 왔다. 그 사실을 너무나 잘 알기에 당기문은 하진월처럼 진무원에게 사심 없이 다가갈 수 없었다.

'나이가 들면 가리는 게 많아진다더니 내가 결국 그 모양이구나.'

당기문이 한숨을 내쉬었다.

절로 마음이 복잡해지는 여정이다. 생각이 많아지고 자꾸만 자신을 돌아보게 된다. 지금 이 순간에도 진무원은 하진월의 사상과 지식을 무섭게 흡수하고 있다.

세상에 홀로 고립된 채 무공을 익혀온 진무원이다. 황철이 보내준 책을 통해 지식을 쌓아왔지만 그것만으로는 항상 부족함을 느꼈다. 굳은 의지와 무력은 있었지만, 그를 뒷받침할 만한 사고 체계가 명확히 갖춰지지 못한 것이다.

그러던 차에 하진월을 만났다. 하진월의 지식은 방대해서 진무원의 그 어떤 물음에도 막히지 않았고, 오히려 이제까지 생각해 본 적이 없는 신선한 관점에서 스스로 생각하게 만들었다.

하진월과의 대화를 통해 진무원은 스스로를 되돌아보고 또 성장하고 있었다.

과연 그의 성장의 끝이 어디인지 당기문은 두렵기까지 했다.

*　　　*　　　*

진무원 일행은 고원지대를 근 열흘 만에 빠져나올 수 있었다. 짐승들이나 다니는 소로를 통해 이동하다 보니 그들의 옷은 온통 가시덤불에 해지고 더러워져 있었다. 하지만 누구 한 사람 힘들다 불평하지 않았다.

열흘이란 시간을 하진월과 함께하면서 진무원의 눈빛은 더욱 깊어졌다. 하진월이란 훌륭한 스승의 지식을 습득한 결과이다. 그래 봤자 하진월이 가진 지식의 일부분에 불과했지만, 그래도 진무원의 사고의 폭은 예전에 비할 수 없이 넓어졌다.

당기문 숙질과 청인은 진무원의 변화를 지켜본 증인이다. 그리고 알게 모르게 그들 역시 하진월의 사상과 가르침에 조금씩 영향을 받았다.

"허허! 드디어 빠져나왔구나."

당기문이 눈앞에 펼쳐진 거대한 평야를 보며 너털웃음을 터뜨렸다. 보이는 것은 온통 지평선뿐이다. 양자강, 민강, 순강, 가릉강 등 큰 강들이 운반한 퇴적물들이 쌓인 적색의 토양은 곡식이 자라기 위한 최적의 조건을 갖추고 있었다.

적색분지라고도 불리는 사천성 최대의 곡창지대이다. 이곳에서 나는 엄청난 양의 곡식이 사천성 사람들의 배를 불리고 자립의 원천이 되었다. 당문 역시 적색분지에 엄청난 크기의 토지를 가지고 있었고, 그로 인해 외풍에 상관없이 가문을 존속시켜 나갈 수 있었다.

진무원이 물었다.

"이곳이 어디쯤인지 알 수 있습니까?"

"나도 자세히는 모르네. 단파나 강정 외곽 어디쯤이라고 짐작되네만, 자세한 것은 사람들을 만나봐야 알겠지."

단파나 강정은 사천성의 서부 끝자락에 자리한 조그만 현이다. 사천성의 중심지인 성도(成都)와는 상당한 거리가 있었다.

당기문의 입가에 미소가 어려 있다.

지긋지긋한 서부고원을 빠져나온 것만으로도 무척이나 홀가분한 기분이다. 말이 좋아 열흘이지 제대로 씻을 수도, 쉴 수도 없는 곳에서 주구장창 노숙만 하다 보니 온몸이 비명을 지르고 있었다.

따뜻한 음식과 수욕이 절로 그리웠다. 당기문뿐 아니라 모두가 똑같은 생각이었다.

"일단은 민가를 먼저 찾읍시다. 음식도 배터지게 먹고 푹신한 침상에서 하루 정도 잤으면 원이 없겠습니다."

청인의 말에 모두가 고개를 끄덕였다. 일행의 발걸음이 절로 빨라졌다. 결국 그들은 해가 지기 직전 조그만 마을을 발견할 수 있었다.

광활한 평야 한가운데 형성된 마을이다. 조그마한 마을의 모습은 마치 바다 한가운데 고립되어 있는 섬처럼 쓸쓸해 보였다.

과연 이런 조그만 마을에 그들이 머물 만한 숙소가 있을까 의구심이 들었지만, 다른 선택의 여지가 없었다. 다른 곳을 찾기에는 시간이 너무 늦었으니 죽이 되든 밥이 되든 이곳에서 하룻밤을 머물러야 했다.

일행의 짐작처럼 마을에는 객잔이 존재하지 않았다. 워낙 고립된 곳이다 보니 찾아오는 이가 거의 없어 굳이 객잔을 만들 이유가 없는 것이다.

객잔을 찾지 못한 청인이 지나가는 마을 사람을 붙잡고 물었다.

"이 마을에 혹시 하룻밤 머물 만한 곳이 있겠습니까?"

청인에게 붙잡힌 마을 청년이 의심이 섞인 시선으로 일행을 훑어보았다. 그의 얼굴에는 낯선 이방인에 대한 경계의 빛이 역력했다.

그에 당기문이 나섰다.

"난 당문의 사람일세. 사정이 있어 이곳에서 하룻밤 머물게 되었으니 부디 잘 만한 곳이 있으면 알려주게. 사례는 후하게 하겠네."

"당문이라 하셨습니까?"

"그렇다네."

청년이 눈을 동그랗게 떴다.

비록 이곳이 사천성에서도 오지에 속하지만 당문을 모를 수는 없었다. 당문의 영향력은 사천성 곳곳에 안 미치는 곳이 없었다. 같이 사천성을 근거지로 하고 있는 구대문파의 일원인 청성파나 아미파 정도가 아니고서는 그 누구도 당문이라는 이름에서 자유로울 수 없었다.

청년의 눈빛이 대번에 유순하게 변했다. 진위는 둘째 치고 일단 당문이라는 이름에 압도당하고 만 것이다.

"저희 마을에 묵을 만한 곳이라고 해봐야 촌장님 댁이 전부입니다요."

"촌장 댁으로 안내해 주겠는가?"

"저를 따라오시지요."

청년이 앞장서서 걸음을 옮겼다.

진무원은 청년을 따르면서 마을의 전경을 살폈다.

오지에 있는 마을치고는 집들의 상태도 좋았고 규모도 꽤 커 보였다. 간혹 거리를 오가는 사람들의 옷차림도 무척 깔끔한 것이 농사를 통해 꽤 많은 수익을 올리는 듯했다.

청년은 마을에서 가장 큰 저택의 정문을 두들기며 소리쳤다.

"촌장님, 저 도춘입니다!"

잠시 후 오십 대 후반으로 보이는 중늙은이가 문을 열며 고개를 내밀었다.

"자네가 이 시간에 웬일인가?"

"당문에서 오신 손님들인데, 하룻밤 머물 곳이 필요하답니다."

"당문?"

촌장이 그제야 당기문 등에게 시선을 던졌다.

"정말 당문에서 오신 분들 맞습니까?"

"맞소. 사정이 있어 하룻밤 머물고자 하니 허락해 주시구려."

당기문의 대답에도 촌장은 의심의 눈초리를 풀지 않고 위아래로 훑어봤다. 그러다가 진무원의 허리에 걸려 있는 검을 보고는 약간은 겁을 집어먹은 표정을 지었다.

"집이 초라한데 괜찮으시겠습니까?"

"며칠이나 한 데에서 잤소이다. 그저 하룻밤 따뜻한 곳에서 쉴 수 있으면 족하오."

"정 그렇다면 저희 집에서 하루 머무십시오."

"고맙소."

결국 촌장이 일행을 집 안으로 들였다.

마을 대부분의 집이 나무로 만든 목조주택인데 반해 촌장의 집은 돌로 지어져 있었다. 촌장 일가가 머무는 본채와 손님이 머물 수 있는 별채가 마당을 사이에 두고 마주 보고 있어 마음 편히 쉴 수 있을 것 같았다.

촌장은 일행을 별채로 안내했다.

"이곳에서 주무십시오. 식사는 안사람을 시켜 갖다 드리겠습니다."

"고맙소. 이 은혜, 잊지 않겠소."

당기문의 인사에 촌장이 고개를 숙이더니 총총걸음으로

본채로 사라졌다.

"으갸갸! 이게 얼마 만에 누워보는 침상이냐."

청인이 제일 먼저 침상 위에 누우며 기지개를 켰다. 그 모습에 모두가 미소를 지었다.

"저는 먼저 씻을게요."

당미려가 자리에서 일어났다.

아무래도 여인의 몸으로 오랫동안 제대로 씻지 못한 것이 마음에 걸린 모양이다.

하진월이 평상에 누우며 중얼거렸다.

"세상과 동떨어져 사는 사람들일수록 경계심이 강한 법이지만 이곳은 유독 텃새가 심한 것 같군."

"원래 이런 마을일수록 한 혈족으로 이뤄진 경우가 많다네. 그들은 다른 성씨를 쓰는 사람들이 마을로 들어오는 것을 달가워하지 않지."

당기문이 하진월의 곁에 앉았다.

"아직까지도 혈족으로 이뤄진 마을이 많은 모양입니다."

"자네도 알겠지만 사천성이라는 곳 자체가 태생적으로 그럴 수밖에 없는 구조라네. 다른 성과 달리 높은 산들로 둘러싸인 분지 지형, 외부로 나갈 수 있는 관로는 몇 군데 되지 않고, 그마저도 목숨을 걸어야 할 정도로 험하기 이를 데 없지."

지형적인 폐쇄성은 외부와의 교류를 힘들게 했고, 그 결과 사천성만의 독자적인 문화나 전통이 만들어졌다. 특히 그들은 같은 피를 가진 혈족을 중요시했다.

당문 역시 당 씨 성을 쓰는 혈족들로 이뤄진 것도 그와 같은 이유에서이다. 그들은 험한 세상에서 믿을 수 있는 이는 오직 같은 피를 나눈 가족뿐이라고 생각하는 경향이 강했다.

당기문의 설명은 그 후로도 한참을 이어졌다. 아무래도 당문의 안마당이라 할 수 있는 사천성에 들어오니 기분이 한껏 들뜬 모양이다. 하진월은 그의 옆에서 보조를 맞추며 경청했다.

그렇게 두 사람이 대화를 하고 있을 때 갑자기 촌장 일가가 머무는 본채에서 한바탕 소란이 일어났다.

"아, 이놈아! 네가 뭐라고 그곳에 간단 말이야? 그냥 이곳에 있으면 먹고사는 데 아무런 걱정이 없는데!"

"여기 있어봐야 농사밖에 지을 게 없잖아요? 두고 보세요! 나는 반드시 운중천의 무인이 될 거예요!"

"못 간다! 절대 못 가! 거긴 네가 비벼볼 만한 곳이 아니다."

"에이! 진짜……."

갑자기 청년 한 명이 본채를 박차고 뛰쳐나왔다. 그는 진무원과 하진월 등을 힐끔 바라보더니 정문 밖으로 뛰어나갔다.

청년이 나가고 난 직후 촌장이 뛰어나왔다. 그는 청년의 뒤를 따라갈 생각을 하지 못하고 한숨만 내쉬었다.

"휴!"

당기문이 그런 촌장을 불러서 물었다.

"왜 그러시오? 아들이 속을 썩이기라도 하는 것이요?"

"말도 마십시오. 며칠 전부터 운중천에 가겠다고 저 난리입니다."

"운중천?"

"그 척마댄가 뭔가 모집한다는 소문을 들은 모양입니다."

촌장의 힘없는 대답에 하진월과 당기문이 절로 고개를 주억거렸다. 단숨에 이해가 되었기 때문이다.

하진월이 물었다.

"아드님이 무공은 좀 익혔습니까?"

"성도에 있는 무관에서 한 삼 년 익혔습니다. 자신이 무슨 대단한 기재라고 저리 운중천으로 가려는 것인지 모르겠습니다."

촌장의 한숨이 깊어졌다.

그의 설명에 의하면 지금 중원 전역에는 운중천으로 가려는 젊은이들로 인해 몸살을 앓고 있다고 한다. 풍운의 꿈을 가진 이들이 너 나 할 것 없이 척마대에 들길 원하는 것이다.

촌장의 아들인 명류산도 그중 한 명이었다. 성도의 무관에서 수련을 하고 온 이후 그는 좁은 시골 마을 생활에 적응을 하지 못한 채 방황하고 있었다.

명류산은 스스로를 굉장한 기재라고 생각했다. 운중천이 있는 곳에만 가면 웅지를 떨칠 수 있을 거라 자신하고 있는 것이다.

그런 아들 때문에 촌장의 한숨은 깊어만 갔다. 당기문도 덩달아 한숨을 내쉬었다.

"역시 이렇게 되는군."

청운의 꿈을 안고 운중천으로 들어가려는 젊은 무인이 어디 명류산 한 명뿐일까? 아마 지금 이 순간에도 수많은 젊은 무인이 운중천을 향하고 있을 것이다.

그들 중 몇 명이나 운중천에 입성할 수 있을까?

'설령 운 좋게 운중천에 들어간다 하더라도 대부분은 소모품으로 쓰이다 버려질 것이다.'

당기문은 강호의 생리에 대해 누구보다 잘 알고 있었다.

든든한 배경이나 후광이 없는 일반 무사가 운중천과 같은 거대세(巨大勢)에 들어가는 것도 거의 불가능했지만, 설령 운 좋게 입성하더라도 그들이 높은 자리에 올라가는 것은 더더욱 요원한 일이었다.

운중천의 요직은 이미 강호 명문의 제자들이나 뛰어난 기재들이 장악하고 있었다. 한번 하급무사는 영원히 하급무사로 머물 수밖에 없는 구조로 신분 상승의 통로는 철저하게 막혀 있었다.

운중천은 명류산처럼 단순히 무관에서 몇 년 무공을 익혀서 도전해 볼 만큼 만만한 곳이 아니었다.

"부디 아드님을 잘 설득하길 바라겠소이다. 운중천은 결코 녹록한 곳이 아니라오."

"그걸 제가 왜 모르겠습니까? 문제는 저 녀석이 제 말을 안 듣는다는 것이지요. 저 녀석에게 저는 그저 고리타분한 시골 노인네에 불과할 뿐이랍니다. 휴!"

촌장이 다시금 한숨을 내쉬었다.

그의 얼굴은 좀 전보다 족히 십 년은 더 늙어 보였다. 촌장의 그런 모습에 당기문이 덩달아 한숨을 내쉬었다.

'이곳 말고도 또 얼마나 많은 곳에서 이런 일이 벌어지고 있을는지. 운중천에서 흘러나온 소문 하나가 그야말로 중원을 뒤흔들고 있구나.'

촌장이 힘없이 어깨를 늘어뜨린 채 본채로 돌아갔다. 당기문은 그에게 어떤 위로의 말도 할 수가 없었다.

하진월이 고개를 저었다.

"이런 오지까지 저런 현상이 일어날 정도면 지금쯤 천하는 요동치고 있겠구나. 밀야와 같은 외부의 위협은 운중천에게는 절호의 호재. 아마 아홉 하늘이라는 자들은 쾌재를 부르고 있을 게야."

진무원은 깊이 가라앉은 눈빛으로 촌장의 뒷모습을 물끄러미 바라보았다.

　시대를 움직이는 바람은 장소를 가리지 않고 불어오고 있었다.

2장

시간이 흘러도 희석되지 않는 기억이 있다

"성도구나."

당기문이 감개무량한 얼굴로 주위를 둘러봤다.

익숙한 풍경이 눈에 들어왔다. 화려한 번화가와 수많은 상점, 그리고 오가는 많은 사람들. 이제껏 그들이 보아온 그 어떤 곳보다 화려하면서 사람 냄새가 물씬 풍기는 곳. 바로 성도였다. 서부고원을 떠난 지 거의 열흘 만에 당가의 터전인 성도에 도착한 것이다.

당기문과 당미려 숙질에게는 무려 두 달여 만의 귀환이었다. 그동안 많은 일이 있었다. 그들과 함께 운남성으로 파견

되었던 당가의 젊은 무인들은 모두 목숨을 잃고 그들만이 겨우 살아남았다.

그들이 치욕을 무릅쓰고 살아남은 것은 당문에 그들의 죽음을 알려야 할 의무가 있었기 때문이다. 그래야만 당문이 미리 대비를 할 수 있었다.

당기문이 진무원에게 말했다.

"아직 시간에 여유가 좀 있으니 당가타에서 이틀만 쉬어가세나. 가주를 만나 뵙고 그간의 사정을 말씀드려야겠네."

"그렇게 하십시오."

진무원은 흔쾌히 수락했다.

운중천에 도착하기까지는 아직 시간적인 여유가 있었다. 그리고 모두 연이은 강행군 때문에 지쳐 있는 상황이다. 어차피 휴식을 해야 한다면 당기문의 본가인 당가에서 쉬는 것도 나쁘지 않다는 생각이 들었다.

하진월이 진무원의 어깨를 두들겼다.

"잘 생각했다. 이번 기회에 당문과 같은 명문을 견식하는 것도 네 행보에 큰 도움이 될 것이다."

당가타는 외인은 함부로 들어갈 수 없는 곳이다. 비단 당문뿐 아니라 대부분의 강호 명문이 그런 폐쇄성을 갖고 있었다. 그들이 외부에 공개하는 공간은 전체 중 극히 일부분에 불과했다.

문파의 비전이라는 것은 대저 무공으로만 전해지는 것은 아니다. 문파의 분위기, 연무장, 생활 습관, 연무 과정 등 모든 것이 문파의 비전이 될 수 있다.

강호의 명문들은 비전의 유출을 꺼려 외인의 출입을 엄중히 차단한다. 비전은 곧 문파의 명맥이나 마찬가지이기에 그들의 폐쇄성은 상상을 초월했다.

천하의 북천문조차 백 년을 겨우 넘기고 세상에서 사라졌다. 당가타에 들어갈 수 있다면 당문이 수백 년 동안이나 이어져 내려온 비결을 조금이나마 엿볼 수 있을 것이다.

하진월은 그것만으로도 당가타에 머무는 시간을 충분히 보상받을 수 있을 거라 생각했다. 진무원의 성장은 곧 자신의 성장이나 마찬가지였다.

진무원의 시선이 청인을 향했다. 의견을 묻는 것이다.

"나는 당가타에 들어가지 않을 거야. 너무 오랫동안 연락을 하지 못했어. 성도지부에 들러 그간 있던 일을 보고하고 지시를 기다려야 해. 혹여 떠날 때가 되면 나를 기다리지 말고 먼저 출발해. 어디에 있든 내가 알아서 찾아갈 테니까."

"알겠습니다."

진무원이 고개를 끄덕였다.

하진월과 달리 청인은 완전히 그의 사람이 아니었다. 흑월이라는 단체에 소속되어 있는 이상 자신이 그의 행보에 이래

라저래라 할 수 없었다.

청인이 먼저 자리를 떴다. 진무원은 멀어지는 그의 뒷모습을 물끄러미 바라보다가 당기문을 따라 걸음을 옮겼다.

오랜만에 성도에 들어오자 기분이 좋은지 당미려의 얼굴이 붉게 상기되어 있다.

당기문이 그에 너털웃음을 터뜨렸다.

"그렇게 좋으냐?"

"그게……."

미소를 지으며 대답하려던 당미려의 얼굴이 갑자기 어둡게 변했다. 같이 돌아오지 못한 젊은 무인들에게 생각이 미친 것이다.

그들 모두 사적으로는 그녀와 혈연으로 이어진 친척들이다. 그들의 시신도 수습하지 못하고 무사히 돌아왔다는 사실에 그녀는 강한 죄책감을 느끼고 있었다.

당기문이 그녀의 마음을 짐작했는지 어깨를 두들기며 말했다.

"괜찮다. 그들의 죽음은 결코 네 잘못이 아니다. 칼날 위를 살아가는 인생, 언제 죽음이 찾아와도 이상하지 않지. 그것이 강호를 살아가는 자들의 운명이다."

"그래도……."

"절대 죄책감을 갖지 말거라. 너를 위해서라도."

"예."

당미려가 조용히 대답했다.

하진월이 당미려를 물끄러미 바라보았다.

어려서부터 칼날 위에 목숨을 걸고 살아온 진무원에게는 그리 대수롭지 않은 일일 수도 있겠지만, 당가라는 안전한 틀 안에서만 살아온 당미려에게는 큰 충격이었을 것이다.

누가 위로해 준다고 될 일이 아니었다. 오직 스스로의 힘으로 극복해야 할 일이었다.

'이 일로 인한 심리적인 부담을 극복한다면 그녀 역시 당당한 강호인이 될 수 있을 것이다.'

각자의 상념 속에서 네 사람은 당가타로 향했다. 반 시진 정도를 걷자 저 멀리 야트막한 언덕이 보였다. 바로 당가타였다.

당가타는 겉으로 보기엔 여느 평범한 마을과 다름없었다. 마을을 둘러싼 담장도 울타리도 존재하지 않았다. 누구라도 쉽게 들어왔다 나갈 수 있을 것 같은 자유로운 분위기가 느껴졌다.

하지만 그것은 어디까지나 겉으로 보이는 모습일 뿐이다. 막상 당가타로 들어서자 수많은 이의 시선이 느껴졌다. 당가타에서 살아가는 수많은 무인이 낯선 이들의 등장에 경계의 빛을 드러낸 것이다.

언뜻 평범해 보이지만 기실 그들은 모두 암기술의 고수였다. 적의를 드러낸 그 순간 그들의 옷 속에 감춰져 있던 수많은 암기가 비가 되어 진무원 등을 향해 쏟아질 것이다.

'이곳은 천혜의 요새나 다름없구나.'

이곳엔 돌로 된 담장은 없었지만 대신 인의 장벽이 존재했다. 그 두꺼움과 든든함은 돌로 된 담장에 비할 바가 아니었다.

이제까지 문파나 가문은 커다란 담장이나 틀 안에 있어야 한다는 진무원의 고정관념을 깨는 순간이었다. 그것은 또 하나의 깨달음으로 다가왔다.

처음엔 진무원 등을 향해 경계의 시선을 보이던 이들이 뒤늦게 당기문과 당미려를 발견하고는 의심의 눈초리를 거뒀다. 그들이 당기문과 당미려를 향해 우르르 달려왔다.

"무사하셨군요!"

"각주님!"

그들이 앞을 다퉈 두 사람의 안부를 물었다.

당기문과 당미려는 미소를 지으며 그들과 인사를 나눈 후 물었다.

"가주님은 어디 계시는가?"

"아마 지금쯤이면 공방에 계실 겁니다."

"알겠네. 일단 각주님을 뵈어야겠네. 궁금한 것이 많겠지만 자네들과는 그 후에 이야기하지."

"알겠습니다. 무사히 돌아오셔서 정말 다행입니다."

"같이 오신 분들은 내 친히 모셔온 귀빈들이니 삼양각(三陽
閣)에 숙소를 마련해 드리게."

"그렇게 하겠습니다."

"음!"

당기문이 진무원과 하진월에게 말했다.

"이들이 안내하는 대로 가서 쉬고 계시게. 일단 가주님께
인사를 드리고 저녁에 찾아가겠네."

"알겠습니다."

"그럼……."

당기문이 서둘러 걸음을 옮겼다. 당미려가 진무원과 하진
월에게 고개를 숙여 보인 후 당기문의 뒤를 따랐다.

하진월이 미소를 지었다.

"그럼 어디 당가타에서 편히 쉬어볼까?"

삼양각은 거창한 이름과 달리 당가타의 다른 저택들처럼
평범하기 그지없었다. 단지 다른 집들과 달리 키 높이의 담장
이 있어 외부의 시선에서 비교적 자유롭다는 장점이 있을 뿐
이다.

하진월이 삼양각 한쪽에 황아를 풀어놓은 후 진무원에게
말했다.

"나는 수욕을 좀 해야겠다. 네놈은 어찌할 테냐?"

"저는 잠시 쉬고 있겠습니다."

"그러려무나."

하진월은 대답과 함께 후원으로 갔다.

혼자 남은 진무원은 설화를 껴안은 채 자리에 앉았다.

피곤했다. 육체의 피로가 아닌 정신의 피로였다. 그만큼 신경 쓸 것이 많은 여정이었다. 거기엔 하진월의 가르침도 한 몫을 했다. 한꺼번에 너무 많은 지식을 받아들이다 보니 뇌의 한계가 극에 달한 것이다.

진무원은 눈을 감았다.

그의 호흡이 고르게 변했고, 어느 순간부터 품에 안은 설화가 은은한 묵빛을 발산하기 시작했다.

소녀의 부족은 오랫동안 신성한 산에서 살아왔다.

할머니의 할머니, 그 할머니의 할머니도 모두 신성한 산에서 살다 갔다. 중원인들은 검현산이라고 부르지만, 소녀의 부족은 신성한 산이라고 불렀다.

신성한 산은 부족에게 먹을 것, 살아갈 곳을 제공해 주는 모태였다. 소녀의 부족은 매년 신성한 산에게 감사의 뜻으로 제(祭)를 지냈다.

제를 주관하는 자는 신성한 산의 선택을 받은 무녀였다. 소녀는 당대의 선택받은 무녀였다.

무녀가 된 자는 혼인을 할 수도 없고 이성을 만나서도 안 됐다.

한참 꿈이 가득한 나이의 소녀에게는 가혹한 일이었다. 하지만 소녀는 그런 자신의 운명을 가혹하다 생각하지 않고 순순히 받아들였다.

신성한 산의 선택을 받은 소녀는 착실히 무녀가 될 준비를 했다. 자연과 소통하는 법을 배우고, 다친 사람들을 낫게 할 수 있는 치료법을 익혔다.

그렇게 소녀는 무녀로 착실히 성장해 갔다.

그녀의 나이 열다섯 살이 되었을 때 갑자기 하늘에서 별이 떨어졌다. 별은 마을 북쪽에 큰 구덩이를 만들었는데, 그 안에서 별의 잔해가 발견됐다.

전대의 무녀는 별의 잔해를 신성한 돌이라 부르며 마을의 사당으로 모셔왔다. 부족 사람들은 신성한 돌에 제를 지내며 극진히 모셨다.

그리고 삼 년 후 전대의 무녀가 세상을 떠났다.

소녀는 그녀를 대신해 무녀가 되었다. 이제 제를 지내는 것은 오롯이 그녀의 몫이 되었다.

새벽에 일어나 정안수를 올리고 부족의 안위를 위해 기도했다. 육식은 철저하게 금하고 금욕적인 생활을 이어갔다. 그녀의 기도가 통했는지 모르지만 다행히도 부족은 점차 번창해 갔다.

부족의 번창은 소녀에게 번뇌를 가져왔다. 부족 사람들이 차츰 외부의 삶에 눈길을 주기 시작한 것이다. 외부와의 교류를 통해 번창하길 원하는 사람들이 나타났고, 시간이 갈수록 그들의 목소리는 커져갔다.

결국 그녀의 반대에도 불구하고 족장은 외부와의 교류를 선택했다. 부족 사람들은 산에서 얻은 물건을 가지고 외부의 사람들과 물물교환을 시작했다.

산에 들어오는 사람이 많아졌다. 부족 사람들은 점차 편리한 삶에 물들어갔다. 외부 사람들이 원하는 물건을 얻기 위해 산을 헤치고 수많은 동물을 사냥했다.

신성한 산은 비명을 질렀다. 무녀에게 고통을 호소했다. 무녀는 부족장에게 외부와의 교류를 줄이길 원했지만 그는 들은 척도 하지 않았다.

사건은 무녀가 스물다섯 살이 되던 날 일어났다.

마을에 누군가 들어왔다.

그는 곰보다 흉포하고 호랑이보다 강했다. 그는 마을에 난입하자마자 닥치는 대로 살육을 자행했다.

부족의 전사들이 그의 손에 죽어갔다. 수많은 이의 비명이 신성한 산에 울려 퍼졌다. 그 처참함에 무녀는 절규했다.

그는 악마였다.

남자들 대부분이 그의 손에 죽임을 당했고, 여자들은 제를 지내는 큰 동굴로 모조리 몰아넣었다.

무녀는 그를 막아섰다.

비록 부족의 전사들처럼 강하지는 않았지만 그녀에게는 단호한 의지와 신성한 산의 가호가 있었다.

그녀는 그를 막기 위해 최선을 다했다. 하지만 그녀의 노력은 물거품으로 돌아갔다. 그녀는 사지가 부러진 채 죽어가는 여자들의 모습을 무기력하게 지켜봐야 했다.

그는 여자들의 몸에 십자 모양의 상처를 내서 피를 흘리게 했다. 백여 명의 여자가 흘린 피의 웅덩이에서 그 기운을 흡수했다.

그가 무녀를 보며 웃었다. 하얀 이빨을 드러낸 채 웃는 악마의 모습에 무녀는 자신의 무기력함을 저주했다.

'용서하지 않을 거야. 절대 용서하지 않을 거야. 용서할 수 없어.'

무녀는 원념을 불태웠다.

그녀가 사랑한 모든 것이 무너지고 있었다.

악마의 유린 속에 그녀의 세상이, 그녀가 사랑한 사람들이 사라지고 있었다.

신성한 산에게 기도했다.

자신의 한 몸 어찌 되어도 좋으니 복수를 하게 해달라고.

그녀가 흘린 피눈물은 제단에 있는 검은 돌에 스며들었다.

진무원이 눈을 떴다. 그의 뺨을 따라 어느새 눈물이 흘러내리고 있었다.

단지 꿈이라고 치부하기엔 너무나 생생했다.

어찌나 긴장했는지 꽉 쥔 주먹이 경직되어 잘 펴지지도 않고 전신은 땀으로 흠뻑 젖어 있다.

진무원이 설화를 바라봤다.

"너냐?"

설화는 대답하지 않았다.

진무원이 한숨을 내쉬며 꿈에서 본 자의 얼굴을 떠올리려 했다. 하지만 마치 안개에 가려진 것처럼 그의 얼굴은 명확히 떠오르지 않았다.

"십자혈마공."

설화를 잡은 손에 절로 힘이 들어갔다.

*   *   *

당가타의 생활은 매우 자유로웠다. 당기문의 손님이라서 그런지 모르지만 누구 한 명 진무원이나 하진월에게 텃세를 부리거나 함부로 대하지 않았다. 그들은 두 사람에게 매우 친절하게 대했다.

하지만 진무원은 그들의 모습에서 보이지 않는 벽을 느꼈다. 분명 같은 공간에 머물고 있지만 그들과 자신들 사이에는 넘을 수 없는 선이 존재하고 있었다.

하진월이 코웃음을 쳤다.

"그것이 명문가의 자존심이라는 것이다. 손님이니까 최대한 친절하게 대하기는 하지만, 구성원이 아니기에 마음을 열지는 않겠다는 뜻이지. 외부에서 봤을 때는 하등 쓸모없는 행동 같아도 내부의 사람들에겐 그들끼리의 결속력을 확인하는 계기가 되기도 한다. 그나마 당가는 외부인에게 관대한 편이다. 그만큼 자신들의 능력에 자신이 있다는 뜻이기도 하지. 같은 오대세가라 할지라도 다른 세가들은 외부인에게 더 냉혹한 편이다."

안휘성의 남궁가, 하북성의 팽가, 산동성의 제갈가와 황보가의 오만함과 드높은 자존심은 강호에서도 무척이나 유명했다. 그들은 어떠한 경우에도 원한은 절대 잊지 않고 반드시 앙갚음을 했다. 그래서 많은 이가 그들과 은원이 엮이는 것을 꺼렸다.

"각 성도의 명문들은 자신들끼리 거미줄 같은 관계망을 갖추고 공고한 성벽을 구축하지. 거기에 외인이 끼어들 여지는 존재하지 않는다."

이미 기존의 강호가 공고히 자리를 잡고 있기에 신흥 문파는 크기 힘들고, 설령 어느 정도 자리를 잡는다 하더라도 결국에는 기존 문파에게 흡수당하기 십상이다.

"앞으로도 이런 흐름은 가속화될 것이다."

하진월의 말은 진무원에게 많은 생각을 하게 만들었다.

진무원은 조용히 발걸음을 옮겼다. 하진월은 그런 진무원의 뒷모습을 잠시 바라보다가 몸을 돌렸다.

'지금은 스스로 많은 생각을 해야 할 때. 지금의 고민이 네 성장의 양분이 되어줄 것이다.'

한꺼번에 많은 지식을 전해줘 봤자 스스로 생각하지 않는다면 말짱 도루묵이 될 뿐이다. 스스로 고민하고 생각하고 답을 구해야 한다. 그렇게 한 명의 무인으로, 인간으로 완성되어 가는 것이다.

진무원은 깊은 생각에 빠진 채 걸음을 옮겼다. 그렇게 한참을 걷다 문득 고개를 드니 낯선 풍경이 그를 맞이했다.

꽤 넓은 공터이다. 공터는 커다란 나무로 둘러싸여 있었는데 바람이 불 때마다 나뭇잎들이 우수수 떨어져 내렸다. 형형색색의 나뭇잎이 바람에 날리는 모습은 무척이나 아름다워서 진무원은 한참 동안이나 넋을 잃고 그 모습을 바라보았다.

그렇게 얼마나 지났을까, 진무원의 낯빛이 갑자기 굳었다.

마치 개미가 피부 위를 지나가는 듯한 간지러운 느낌이 신경을 긁고 있었다.

'살기.'

누군가 자신의 존재감은 철저히 감추고 불어오는 바람에 살기를 실려 보내고 있었다.

감각이 무딘 자나 무공이 일정 수준에 도달하지 못한 자는 절대 느끼지 못할 만큼 살기는 은밀했다.

진무원이 설화를 잡은 손에 힘을 주며 전방위 감각을 끌어올렸다. 순식간에 방원 삼십 장이 그의 영역이 되었다. 나뭇잎 하나 떨어지는 소리, 개미가 움직이는 기척까지 감지됐다. 하지만 어디서도 살기의 주인은 느껴지지 않았다.

'절대의 고수이거나 은신술의 달인.'

진무원의 눈빛이 깊이 침전됐다.

이곳은 당가타이다. 당가의 무인들이 혈족을 이뤄 살아가는 곳. 거리를 지나가는 사람 중 암기의 고수가 아닌 자가 없고, 용독술을 사용할 줄 모르는 자가 없을 정도이다.

그런 고수들이 즐비하게 포진하고 있는 곳을 외인이 뚫고 들어온다는 것은 거의 불가능한 일이다.

'당가 내부의 인물인가?'

진정한 정체는 알 수 없었지만, 그렇다고 앉아서 당할 생각은 없었다.

진무원은 눈을 감고 정신을 집중했다. 전방위 감각의 영역이 폭발적으로 확장됐다. 그러자 저 멀리 미약한 온기가 느껴졌다.

'오른쪽 사십 장 밖.'

숨소리도 기척도 느껴지지 않았지만 체온까지 숨길 수는

없었다.

진무원의 눈썹이 꿈틀거렸다. 상대의 위치를 감지한 그 순간 상대의 호흡이 변한 것이 느껴졌기 때문이다. 자신이 위치를 알아낸 사실을 미지의 존재 역시 눈치챈 것이다.

그런데도 누구 한 명 먼저 움직이지 않았다.

절대고수의 영역이라 할 수 있는 간격(間隔)이 겹쳤다. 거미가 거미줄을 통해 먹이의 역량을 가늠하듯 그들은 주위의 공기, 불어오는 바람, 호흡을 통해 서로의 수준을 가늠했다.

그때 불어오던 바람이 멈췄다.

순간 진무원은 주위가 하얗게 변한다는 느낌을 받았다.

속절없이 떨어져 내리던 낙엽들이 갑자기 허공으로 떠오르기 시작했다.

'시작된 것인가?

탐색은 끝났다. 미지의 적이 먼저 움직였다.

휘류류!

허공에 떠오른 낙엽들이 회오리바람에 휩쓸리듯 진무원의 주위를 맴돌기 시작했다.

진무원은 낙엽이 회오리치는 한가운데 홀로 갇혔다.

낙엽은 바람에 아무렇게나 흩날리는 것 같았지만, 사실은 일정한 규칙을 두고 진무원 주위를 맴돌고 있었다.

낙엽 하나하나에서 살기와 시리도록 차가운 예기가 느껴

졌다. 겉보기엔 평범한 낙엽 같았지만, 그 하나하나에는 미증유의 거력이 담겨 있었다.

'가공할 내공.'

이루 셀 수 없을 정도로 엄청난 수의 낙엽을 제어하는 섬세한 공력의 운용, 그것을 가능하게 만드는 웅혼한 내공.

이 한 수만 봐도 상대가 얼마나 대단한 존재인지 충분히 짐작할 수 있었다.

전신의 피가 싸늘히 식으면서 위기감이 엄습했다. 그러자 진무원의 눈빛은 오히려 차가워지고 두뇌는 더욱 빠른 속도로 회전했다. 진무원은 위기가 닥칠수록 오히려 더 냉정해지는 성격을 가지고 있다.

갑자기 진무원의 주위를 휘돌던 낙엽들이 하늘로 쑥 빨려 올라가더니 햇빛을 가렸다.

잠시 어둠이 찾아오고 정적이 이어졌다.

그리고…….

슈우우!

수천, 수만의 낙엽이 비수가 되어 진무원을 향해 쏟아져 내렸다. 그 아찔한 광경에도 진무원은 눈 하나 깜빡이지 않았다.

누가 보면 자살하지 못해 안달이 난 사람 같은 모습이다. 하지만 진무원은 자신의 목숨을 포기한 것도, 무기력한 것도 아니었다.

'지금!'

낙엽의 비가 거의 지척에 이르렀을 때 마침내 진무원이 움직였다. 설화가 섬전처럼 허공을 갈랐다.

츄화학!

마치 비단폭을 찢는 듯한 소리와 함께 낙엽의 비가 갈라졌다. 진무원은 그 사이로 몸을 날렸다. 그의 옷 곳곳이 낙엽에 길게 찢겨 나가며 전신에 생채기가 생겨났다.

하지만 진무원은 아랑곳하지 않고 숨어 있는 자의 기척을 찾았다. 그런 진무원을 향해 다시 낙엽의 비수가 쏟아져 내렸다.

진무원이 허공을 향해 다시 설화를 그었다.

멸천마영검 제이식 북천벽(北天壁)이다.

무형의 검벽(劍壁)에 막힌 낙엽들이 힘없이 떨어져 내릴 때 진무원은 이미 그 자리에 없었다.

어느새 동쪽으로 삼십여 장을 이동한 진무원이 커다란 나무를 향해 설화를 휘둘렀다.

쉬가악!

아름드리나무가 힘없이 잘려 나가고, 그 뒤에 숨어 있던 검은 인형이 모습을 드러냈다.

거친 마의를 입은 육십 대의 평범한 촌로였다. 그는 낙엽

하나를 손가락에 끼운 채 허허 웃고 있었다.

"대단하구먼. 이제껏 나의 백야산엽(白夜散藥)을 그토록 수월하게 파훼한 이는 자네가 처음일세."

"누구십니까?"

"나? 쉽게 말하자면 이 집안의 가장이라고 할 수 있겠지."

"만독제?"

"그렇다네. 내가 바로 당관호일세."

만독제(萬毒帝) 당관호.

당가의 가주이자 천하제일의 독인이 진무원 앞에 모습을 드러낸 순간이다.

진무원을 바라보는 당관호의 눈에는 감탄의 빛이 떠올라 있었다.

'백야산엽은 당가의 수많은 절기 중 세 손가락 안에 들어가는 극강의 암기술. 그런 백야산엽을 그토록 수월하게 파훼하다니 역시 기문의 말이 틀리지 않았군.'

최선을 다한 것은 아니다. 그저 상대의 수준을 파악하는 데 의의를 두었을 뿐. 하지만 자신이 최선을 다한 것이 아니듯 상대 역시 최선을 다한 것이 아니었다.

숨소리 하나 거칠어지지 않았고 안색도 그대로이다. 백야산엽이라는 극강의 절기를 파훼한 자치고 너무나 태평한 모습이다.

그런 진무원의 모습은 당관호에게도 큰 충격을 던져주었다.

"어젯밤 기문의 이야기를 듣고 자네에 대해 궁금증이 생겼지."

"그래서 암습하신 겁니까?"

"암습이야말로 당가의 생명이 아닌가? 무공의 대부분이 암기술이니까."

너무나 태연한 당관호의 대답에 진무원은 할 말을 잃고 말았다. 왠지 더 이상 싸우고 싶은 마음이 들지 않았기에 진무원은 설화를 거뒀다.

당관호가 미소를 지으면서 손에 들고 있던 낙엽을 허공에 던졌다. 낙엽은 바로 바닥에 떨어지지 않고 허공을 맴돌더니 곧 어디론가 날아갔다.

"잠시 걷지."

당관호가 앞장서 걷자 진무원은 그 뒤를 따랐다.

방금 전까지 있던 흉험한 싸움이 마치 거짓이었던 것처럼 태평하기까지 한 모습이다.

"이름이 진무원이라고 했지?"

"예."

"북천문의 마지막 문주. 맞는가?"

진무원이 걸음을 멈췄다.

"당 대협이 거기까지 이야기하셨습니까?"

"기문은 나에게 숨기는 것이 없다네. 걱정하지 말게나. 다른 사람에겐 이야기할 생각이 없으니까."

다른 사람도 아닌 당가를 이끌어가는 가주의 말이다. 그의 말 한마디는 억만금 이상의 무게를 가진다. 믿을 수밖에 없었다.

"기문의 이야기를 듣고 많은 생각을 했다네. 그럴 수밖에 없었지."

당관호의 시선이 하늘을 향했다. 그의 눈은 먼 곳을 바라보고 있었다. 진무원은 왠지 그의 분위기에 압도당하는 듯한 기분을 느꼈다. 단지 무공의 수위 때문이 아니라 오랜 세월 동안 강호의 일각에서 정점에 군림해 온 자의 관록과 여유가 그렇게 만든 것이다.

"나는 늘 북천문에 빚을 진 기분으로 살았다네. 십 년 전 북천문이 그렇게 무너질 때 도움을 주지 못한 것이 늘 마음에 걸렸지."

당관호의 음성엔 강호를 오래 살아온 노강호의 진심이 담겨 있었다.

"미안하네. 북천문이 무너지는 것을 그냥 지켜만 봐서. 변명 같지만 그때는 어쩔 수 없었다네. 나 역시 일문을 책임지는 문주. 북천문보다는 당문의 안위가 내겐 우선이었다네."

"그 말은 당문 역시 그때 겁박을 받았다는 겁니까?"

"당시의 분위기가 그랬다네. 이의를 제기해서는 안 되는 완고한 분위기가 형성되어 있었다네. 만일 그때 우리가 북천문을 비호하고 나섰다면 당가 역시 시대의 격류에 휩쓸려 버렸을 걸세."

당관호가 씁쓸한 미소를 지었다.

집단의 광기란 것이 그렇다. 광기에 취한 자들은 결코 자신들의 의견에 반하는 자를 용납하지 않는다.

당문은, 당관호는 그런 집단의 광기에 대응하는 대신 중도를 택했다. 순응하지도 않았지만 그렇다고 반대하지도 않았던 것이다. 반대를 할 힘이 있었음에도 불구하고 당문을 온전히 보존하기 위해 그런 결단을 내린 것이다.

"그것은 나의 원죄, 비겁함의 극치였지. 자네 부친이 그렇게 작고하셨다는 이야기를 듣고 몇 날 며칠을 후회했는지 모른다네. 그때 내 가슴에 놓인 커다란 바윗덩이가 아직까지 만근의 무게로 짓누르고 있다면 믿겠는가? 자네가 등장하면서 난 또 한 번 선택의 기로에 섰다네."

"제가 북천문의 당대 문주이기 때문입니까?"

"그렇다네."

진무원의 무력은 이미 자신의 눈으로 확인했다.

아직 젊은 나이에 자신에 육박하는 무력과 임기응변. 아마 젊은 무인 중에서 진무원을 당할 자는 거의 없을 것이다. 진무원의 나이에 그 정도의 성취를 이룬다는 것은 실로 기적 같은 일이다.

더군다나 진무원은 다른 무인들처럼 문파의 체계적인 지원을 받은 것이 아니다. 오롯이 그 자신의 힘으로 지금의 성취를 이뤄냈다. 가공할 오성과 재능, 집념 없이는 불가능한 일이다. 당관호는 아직까지 그런 자를 만나보지 못했다.

"자네 같은 자는 결코 현실에 안주하지 않지. 설령 자네가 안주하려 해도 시대가 그렇게 놓아두지 않을 걸세. 결국 자네 역시 격류의 시대를 살아가게 되겠지. 자네 때문에 수많은 이의 운명이 뒤틀릴 걸세. 자네의 결정 하나 때문에 수많은 이가 죽을 수도 있다네. 자네는 그런 가혹한 운명을 감당할 준비가 되었는가?"

진무원이 눈을 감았다.

당관호는 그런 진무원의 모습을 물끄러미 바라보았다.

한참이 지난 후 진무원이 입을 열었다.

"가주님의 말씀대로 얼마나 가혹한 운명이 제 앞에 기다리고 있을지 모르겠습니다. 하나 그렇다고 미리 겁을 집어먹고 피하지는 않을 겁니다. 제가 선택한 길의 끝에 무엇이 기다리고 있는지 모르지만 일단 시작한 이상 끝까지 가볼 생각입니다."

"역시 그렇구먼."

당관호가 고개를 끄덕였다.

이로써 진무원의 각오를 확실히 알았다. 그리고 새로운 시대가 시작되고 있음을 깨달았다.

이제껏 자신이 살아온 시대와 다른 격류의 시대가 열리려하고 있다. 그런 시대에 자신은 어울리지 않았다.

"기문을 운중천에 보내려 하네."

"당 대협을?"

"기문이 원하고 있네. 그는 옥계 참사의 희생자 같은 이들이 더 이상 나와서는 안 된다고 생각한다네. 그 완고한 고집을 내가 어찌 꺾겠는가?"

"그럼?"

"부디 그를 운중천에 데려가 주게."

"위험할지도 모릅니다."

"그가 간밤에 나에게 뭐라 말했는지 아는가? 의협(義俠) 당문(唐門)이라는 네 글자를 배신하고 싶지 않다고 하더군. 허허허!"

의(義)와 협(俠).

이제는 빛이 바래 버린 구시대의 낡은 기치.

육십 년 이상을 아무런 감흥 없이 바라보던 그 고루한 단어가 그날따라 가슴을 파고들었다. 잠시나마 당문을 위해 천하의 안위를 멀리했던 자신이 부끄러워 견딜 수가 없었다.

그가 진무원을 향해 고개를 숙였다.

"부탁하겠네. 그리고 결과가 어떻게 나오든 당문은 자네의 행보를 절대 지지할 것을 맹세하겠네."

＊　　　＊　　　＊

그곳은 오래된 폐허였다. 주춧돌만 간신히 그 형체를 유지하고 있을 뿐 그 외 모든 것은 세월의 흐름을 이기지 못하고 원형을 잃었다. 어깨 높이까지 자란 풀과 두껍게 쌓인 먼지만이 세월의 무상함을 말해주고 있었다.

폐허 사이에 자란 풀숲을 걷는 조그만 소녀가 있었다. 이제 겨우 열대여섯 살 정도로 보이는 외모에 신비한 기품을 간직한 소녀는 바로 은한설이었다.

폐허를 바라보는 은한설의 눈빛은 무감각하기 이를 데 없었다. 어떤 감정의 편린도 내비치지 않는 그녀의 얼굴은 마치 생명이 없는 인형 같았다.

바람이 불어와 그녀의 검푸른 머리칼을 부드럽게 쓸어 넘기고 있다. 그녀는 한참 동안이나 제자리에 서서 바람을 느꼈다.

그때 그녀의 등 뒤로 검은 인형이 나타났다.

"소주."

사령이다.

은한설이 뒤돌아봤다.

"사령."

"주군께서 찾으십니다."

"사부님이?"

은한설의 눈에 이채가 떠올랐다.

지난 칠 년 동안 그녀가 사부 소금향을 본 것은 몇 번 되지 않는다. 그나마 그것도 폐관 수련 초기 때의 이야기다. 수련이 어느 정도 고비를 넘어가면서부터는 단 한 번도 소금향을 본 적이 없었다.

"안내해 줘."

"저를 따라오십시오."

사령이 앞장섰다. 은한설이 고개를 끄덕이며 사령의 뒤를 따랐다.

침묵이 흘렀다. 예전부터 은한설은 말이 없는 편이었다. 하지만 이렇게까지 과묵하지는 않았다.

말수가 더욱 줄어들고 감정의 기복이 없어졌다. 결코 정상적인 모습은 아니었다.

'소주.'

처음으로 사령의 눈에 안타까운 빛이 떠올랐다 사라졌다.

하지만 무어라 말하지는 않았다. 그의 역할은 은한설을 보좌하며 명령을 수행하는 것이지 조언을 하는 것이 아니었기 때문이다.

사령이 안내한 곳은 폐허에서 멀리 떨어진 큰 장원이었다.

호숫가에 위치한 장원은 무척이나 수려했다. 높은 담장과 그보다 더 높은 고루전각, 그 사이로 내리쬐는 따사로운 햇살은 그림 속의 풍경을 연상케 했다.

바깥에서 보는 것처럼 장원 안쪽은 조용하기 그지없었다. 두 사람은 장원의 문을 열고 깊숙한 곳으로 들어갔다.

향림정(香林亭).

장원 가장 안쪽에 위치한 정자이다. 향림정에서는 그림 같은 호수의 전경이 한눈에 들어왔다.

향림정에 그녀가 앉아 있다.

호수에서 불어오는 바람에 흩날리는 흑청색의 머리카락과 대비되는 눈처럼 새하얀 피부, 붉디붉은 입술과 은백색의 눈동자는 그녀의 나이를 가늠할 수 없게 만들었다.

"사부님."

"한설."

그녀의 이름은 소금향. 은한설의 사부였다.

소금향이 자리에서 일어나 은한설을 맞았다.

"이리 오거라."

은한설이 향림정 위로 올라서자 소금향이 은한설의 조그만 몸을 꼭 껴안아주었다.

"그동안 고생이 많았구나."

"사부님."

"빙정은광대법(氷晶銀光大法)을 통과한 것을 축하한다."

"모두 사부님 덕분이에요."

은한설이 소금향의 품에서 떨어져 그녀의 얼굴을 올려다봤다. 은한설이 지난 칠 년 동안 하나도 변하지 않았듯이 소금향 역시 조금도 변하지 않았다. 마치 시간의 흐름이 그녀들에게서만 비껴나간 듯했다.

"자리에 앉거라."

"예."

두 사람은 서로를 마주 보고 앉았다.

은한설의 모습을 찬찬히 뜯어보던 소금향의 입가에 만족스러운 미소가 떠올랐다. 제자의 성취가 자신의 예상을 웃도는 것 같았기 때문이다.

"이제 백야선자라는 별호는 너에게 물려줘야 할 것 같구나."

"아니에요, 사부님. 저는 아직 많이 부족해요."

"처음부터 별호에 어울리는 사람은 없다. 너는 이미 백야선자라는 별호를 쓸 자격을 갖췄다."

소금향은 천천히 기억을 더듬었다.

수십 년, 어쩌면 그보다 더 전에 소금향 역시 사부에게서 백야선자라는 별호를 물려받았다. 밀야에서는 백야선자라 불리지만, 적에게는 백야마녀라고 불렸다. 그만큼 많은 이의 피를 손에 묻혀야 했다.

그 긴 시간 동안 무거운 멍에를 짊어지고 살아왔다. 그리고 이제는 그 무거운 짐을 제자에게 물려줄 시기가 되었다.

"이제부터는 네가 당대의 백야선자다."

"사부님?"

"부디 그 별호를 소중히 여기거라."

은한설이 눈을 감았다.

이제 은한설이라는 개인은 존재하지 않았다. 밀야의 사대마장 중 한 명인 백야선자만이 있을 뿐이다. 그것이 그녀의 운명이었다.

소금향이 문득 물었다.

"아직도 나를 원망하느냐?"

"제자가 어찌 사부님을……."

소금향이 품에 손을 넣었다. 다시 모습을 드러낸 그녀의 손에는 어린아이 손바닥만 한 조그만 륜 두 개가 들려 있었다.

월광륜(月光輪).

백야선자를 상징하는 독문무기다.

소금향이 은한설에게 월광륜을 넘겨주었다.

"이젠 네 것이다."

"……"

은한설의 표정에 처음으로 균열이 일어났다. 그녀의 눈가가 파르르 떨렸다. 그녀가 조심스럽게 월광륜을 받아 들었다.

칭칭!

새로운 주인을 인식한 것인지 월광륜이 청명한 울음을 토해냈다.

은한설은 청량한 기운이 자신의 몸속으로 파고드는 것을 느꼈다. 월광륜에서 시작된 기운은 그녀의 몸을 크게 휘돌았다.

소금향의 목소리가 들려왔다.

"거부하지 말고 은혼심결을 운용하거라. 월광륜이 너를 주인으로 인식하는 과정이니까."

월광륜은 천고의 마병(魔兵)이다. 은혼심결을 대성하지 못하거나 허락을 받지 못한 자는 월광륜의 마기에 잠식당해 미쳐 버리고 만다.

은한설은 생각할 겨를도 없이 은혼심결을 운용했다. 은혼심결과 월광륜의 마기가 그녀의 몸 안에서 어우러지기 시작했다.

마치 수은이 혈관을 흐르는 듯 전신이 쾌척해지면서 그녀의 몸에서 은광이 흘러나오기 시작했다.

"이로써 너와 월광륜은 서로 떨어질 수 없는 존재가 되었다."

소금향의 입가에 미소가 어렸다.

월광륜이 주인을 인식하는 동조의 과정이 끝나 가고 있다. 이제 은한설은 마병 월광륜의 진정한 주인이 되었다.

은한설이 눈을 뜨자 은백색의 광망이 흘러나오다가 사라졌다. 소금향은 은한설이 정신을 수습하기를 기다렸다가 입을 열었다.

"나는 이제 밀야로 돌아갈 것이다."

"사부님."

"대회합령이 소집됐다."

은한설의 표정이 딱딱하게 굳었다.

대회합령이 어떤 의미를 가지고 있는지는 그녀도 잘 알고 있다. 밀야의 운명을 건 큰 결정이 있을 때만 소집되는 것이 대회합령이다.

"대회합령이 소집된 이상 중원으로 진출하는 것은 시간문제. 곧 난세가 열릴 것이다."

소금향의 눈에 기이한 열기가 일렁이고 있었다.

그녀는 밀야의 중원 진출을 기정사실로 받아들이고 있었다. 단지 시기와 방식의 문제만 남았을 뿐이다.

"결정이 나기까지 아마 두세 달 정도가 걸릴 것이다. 그때까지 네가 무엇을 하든 자유다. 그 시간을 충분히 즐기거라. 그 이후부터 사적인 네 시간은 존재하지 않을 테니까."

"사부님."

"네 사부로서 처음이자 마지막으로 베푸는 배려이다. 거절하지 말거라."

"알겠어요."

은한설이 고개를 숙였다. 소금향은 그런 은한설의 모습을 잠시 말없이 지켜보았다.

자신의 시간이 멈춘 것처럼 은한설의 시간 역시 멈춰 있었다. 아마 아무리 시간이 흘러도 그녀는 변하지 않을 것이다.

"한설아."

"예?"

"나를 원망하느냐?"

"제자가 어찌……."

"괜찮다. 나 역시 처음엔 그랬으니까. 감정은 점차 마모되고, 어느 순간부터는 스스로가 정말 정상적인 인간인지 의심하게 되지."

은한설이 입술을 지그시 깨물었다. 소금향의 말처럼 언제부턴가 자신이 정말 정상적인 인간인지 의심하는 일이 많아

졌기 때문이다.

"그러나 절대 의심하지 말거라. 인간의 감정을 느낄 수 없다고 인간이 아닌 것은 아니니까."

"알고 있어요, 사부님."

"그래, 너는 똑똑한 아이니까 분명 잘해낼 것이다."

소금향이 은한설의 어깨를 두들겨 주었다.

은한설의 시선이 빛이 쏟아지는 호수로 향했다. 그녀의 망막 가득 찬란한 빛이 부서지고 있었다.

*　　　*　　　*

진무원이 옷을 벗었다. 그러자 상처 가득한 몸이 드러났다. 중원에 나온 지 불과 몇 달 되지 않았지만 그의 몸은 크고 작은 상처들로 가득했다.

별것 아닌 상처도 있었지만 진짜로 목숨이 위험한 상처도 다수 존재했다. 진무원은 손가락으로 상처를 어루만지다가 눈앞에 있는 옷을 향해 손을 뻗었다.

적갈색의 새 무복이다. 기존에 그가 입던 옷은 다 해지고 찢어져 더 이상 옷이라 부를 수 없었다. 그래서 진무원은 하는 수 없이 새로운 무복을 맞춰야 했다.

북천문의 상징인 적갈색은 그대로이다. 황철에게 받은 무

복과 최대한 비슷하게 만든 것이라 그런지 익숙했다. 무복은
진무원에게 딱 맞았다.

몇 번 손발을 움직여 보던 진무원이 이번에는 적갈색의 피
풍의를 들었다. 겉으로는 보기엔 평범한 피풍의 같았지만, 교
룡과 불곰 가죽을 특별하게 처리해 만들어 피풍(避風), 피화(避
火), 피수(避水)의 효능을 갖고 있다.

피풍의 안쪽에는 일상에 필요한 물건들을 집어넣을 수 있
는 수납공간이 여러 개 마련되어 있었다. 하루 이틀 정도의
여정은 피풍의에 수납한 짐만 가지고도 충분히 버틸 수 있었
다.

진무원이 걸친 옷과 피풍의는 당문의 작품이다. 자신의 부
탁을 들어준 진무원에게 당관호가 주는 선물이었다. 진무원
은 그의 선물을 굳이 거절하지 않았다.

진무원은 피풍의 안쪽 수납공간에 간단한 물건들을 집어
넣은 후 허리에 설화를 찼다. 많은 물건이 들어갔지만 전혀
표가 나지 않고 움직이는 데도 지장이 없었다.

만반의 준비를 갖춘 진무원이 밖으로 나왔다. 밖에는 이미
하진월과 당기문, 당미려가 그를 기다리고 있었다.

하진월과 당기문은 원래 그와 동행하기로 한 사람이기에
놀랄 것이 없었지만 당미려의 동행은 뜻밖이었다. 당관호는
그녀가 당문에 남기를 원했지만 당미려는 스승이자 숙부인

당기문의 수발을 들어야 한다며 고집을 부렸다.

결국 당미려의 고집을 이기지 못한 당관호는 그녀의 강호행을 허락할 수밖에 없었다.

진무원이 나오자 당기문이 미소를 지으며 다가왔다.

"준비는 모두 끝났는가?"

"보다시피 따로 준비할 것도 없습니다."

"선물이 마음에 드는가 보군."

"이렇게 귀한 것을 받아도 되는지 모르겠습니다."

"하하! 그 옷과 피풍의가 기물이긴 하지만, 당문에서는 딱히 귀한 것도 아니니 신경 쓰지 말게."

"그래요. 마치 처음부터 진 소협의 것이던 것처럼 딱 맞는 것이 보기 좋네요."

당기문의 근처에 있던 당미려가 기다렸다는 듯이 한마디를 더했다. 그녀를 바라보는 진무원의 눈가에 그늘이 내려앉았다.

바보가 아닌 이상 당미려가 자신에게 어떤 마음을 갖고 있다는 것을 모를 수가 없다. 아무리 멀리 떨어져 있어도 그녀의 시선은 진무원을 향해 있었다.

분명 당미려는 아름다우면서도 현명한 여인이다. 충분히 사랑받을 자격이 있는 여인이다. 하지만 진무원의 가슴에는 당미려를 받아들일 공간이 존재하지 않았다.

아무리 오랜 시간이 흘러도 희석되지 않는 기억 속에 그녀가 살고 있었다.

진무원의 시선이 북쪽으로 향했다.

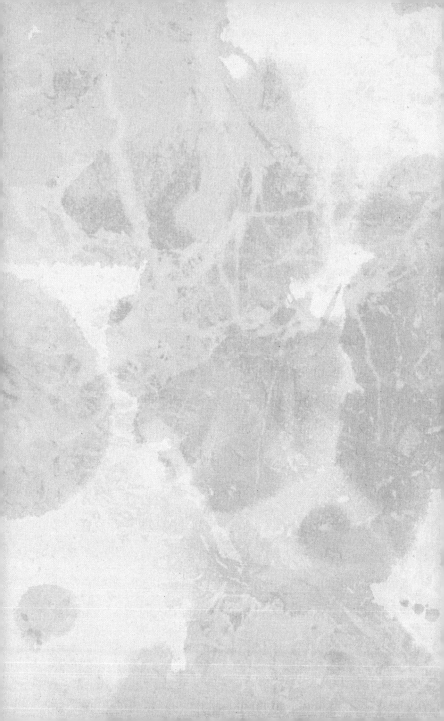

운중천에서 척마대를 뽑는다는 소문에 가장 호황을 누리는 업종을 뽑으라면 바로 객잔(客棧)과 철방(鐵房)일 것이다.

객잔에는 젊은 무인들이 넘쳐났고, 철방에는 무기를 구매하려는 자들이 줄을 섰다. 특히 운중천에서 가까운 곳에 자리잡은 곳일수록 더 호황을 누렸고, 설혹 멀리 떨어져 있더라도 교통의 요지에 있는 객잔은 거의가 젊은 무인들로 가득 찼다.

대죽현(大竹縣) 역시 마찬가지였다. 대죽현은 사천성에서 호북으로 넘어가는 길목에 있는 커다란 현인데 이름 그대로 큰 대나무 숲으로 유명했다.

사천의 무인 대부분이 대죽현에서 하루를 머물고 바로 호북으로 넘어갔다. 사정이 그러하다 보니 대죽현의 객잔들은 몰려드는 손님들로 즐거운 비명을 지르고, 철방들 역시 무기를 손질하거나 새로 구매하려는 손님들로 최대의 호황을 누렸다.

철방 곳곳에서는 장인과 무인들 간에 흥정이 이뤄지고 있었다. 그중에서도 가장 눈길을 끄는 것은 늙은 장인과 이제 스물 후반 정도 되어 보이는 젊은 무인의 흥정이었다.

"아, 글쎄, 제대로 된 검을 사려면 최소 은 석 냥은 줘야 한다니까."

"제가 가진 게 한 냥밖에 안 되는데 어떻게 안 되겠습니까?"

"그거 가지고는 턱도 없다니까."

"제발… 이렇게 부탁드리겠습니다."

"돈도 없으면서 무슨 검을 사려는가? 자네에게 팔 만한 것은 이것밖에 없네."

늙은 장인이 내민 것은 볼품없는 철검이었다.

이 철검은 철방의 견습 장인이 만든 것으로 균형도 엉망이고 재질도 그다지 좋지 않았다.

젊은 무인의 눈에 갈등의 빛이 떠올랐다.

이곳에 오기 전까지 그는 철방 십여 곳을 들렀다. 하지만 어디에서도 그에게 선뜻 검을 파는 철방이 없었다. 평상시라면 은 두 냥이면 될 검이 다섯 냥, 여섯 냥까지 값이 올랐다.

젊은 무인이 가진 은자는 한 냥이 전부였다. 이 돈을 쓰고 나면 운중천에 갈 여비조차 없었다.

젊은 무인의 이름은 명류산이었다. 사천성의 성도 조그만 무관에서 삼 년 동안 무공을 수련하고 풍운의 꿈을 안고 운중천이 있는 한천으로 가는 길이었다. 하지만 현실은 그가 생각한 것만큼 녹록치 않았다.

사람들이 몰리면서 물가는 폭등했고, 명류산처럼 가난한 무인들은 객잔에 머물 엄두조차 내지 못하게 됐다.

'며칠을 굶더라도 반드시 검은 사야 한다.'

명류산이 벌벌 떨리는 손으로 은자 한 냥을 꺼냈다. 늙은 장인이 그럴 줄 알았다는 듯 미소를 지으며 철검을 그에게 내밀었다.

"이 검은 이제부터 자네 것이네. 부디 소중히 사용하게. 흐흐!"

그렇게 철검은 명류산의 것이 되었고, 은자는 늙은 장인의 것이 되었다. 명류산은 미소를 지으며 뒤돌아서는 늙은 장인의 뒷모습을 노려보았다.

'늙은이, 두고 봐라. 내 반드시 입신양명해서 다시 돌아올 테니까. 그때도 그렇게 웃을 수 있는지 두고 보자.'

명류산이 이를 뿌득 갈며 뒤돌아섰다.

비록 지금 그의 손에는 볼품없는 철검이 들려 있지만, 나중에는 어떤 보검이 들릴지 몰랐다. 명류산은 그때 다시 이곳 철방으로 찾아와 늙은 장인을 마음껏 비웃어 주리라 다짐했다.

명류산은 철검을 허리에 차고 간신히 잡은 객잔으로 돌아왔다. 그가 머무는 곳은 대죽현 외곽에 있는 조그마한 객잔이었다.

그나마도 일 인실이나 이 인실은 모두 동이 나고 평소 열 명이 들어가는 큰 방에 거의 서른 명 이상을 몰아넣었다. 명류산같이 가난한 무인들은 그나마도 감지덕지하며 묵을 수밖에 없었다.

거리는 수많은 사람으로 인산인해를 이뤘다. 거리엔 명류산처럼 가난한 무인들만 있는 것이 아니었다. 질 좋은 비단옷을 입고 한눈에 보기에도 범상치 않아 보이는 예기를 흘리는 명검을 찬 무인도 상당수 있었다.

그들이 흘리는 기세에 사람들이 무의식적으로 길을 비켜주었다. 명류산처럼 겨우 몇 년 수련한 어설픈 무인이 아니라 체계적인 수련을 받은 이들이다.

'나도 제대로 된 가문에서 태어났다면 저들 못지않았을 텐데, 왜 나는 저런 좋은 가문에서 태어나지 못한 걸까?'

갑자기 짜증이 왈칵 밀려왔다.

잠시 노기 섞인 시선으로 다른 무인들을 바라보던 명류산은 발걸음을 옮겼다. 그렇게 돌아온 객잔에도 사람들은 넘쳐났다. 대부분이 명류산처럼 풍운의 꿈을 안고 운중천으로 향하는 무인들이다.

개중 한 명이 명류산을 알아보고 손짓했다.

"자네 돌아왔군. 여기 앉게나."

사십 대 초반의 장년인이었다. 수염이 가득한 얼굴과 달리 눈빛은 순박하기 그지없었다.

이곳 객잔에 머물면서 가장 먼저 사귄 사람이었다. 이름은 기억하지 못했다. 아니, 기억할 필요가 없었다. 어차피 하룻밤의 인연이고, 운중천에 가면 잊어버릴 사람이기 때문이다.

명류산은 사양하지 않았다. 그가 앉자 장년인이 기다렸다는 듯이 물었다.

"그래, 검은 샀는가?"

"예."

장년인의 시선이 명류산의 허리에 찬 철검을 향했다. 초라한 철검을 확인한 장년인이 미소를 지었다. 그 모습이 꼭 자신을 비웃는 것아 또다시 울컥했지만 명류산은 애써 참았다.

"잘했네. 그래도 명색이 무인인데 검 한 자루는 있어야지. 운중천에 들어가서 성공하면 더 좋은 걸로 마련하면 되지 않겠는가? 여기 술 한잔하게."

"감사합니다."

명류산은 그가 내미는 술을 거부하지 않았다. 그는 자신의 감정을 숨긴 채 술을 들이켰다.

그때였다. 갑자기 객잔의 입구에서 소란이 일면서 사람들의 시선이 일제히 그곳으로 향했다. 명류산 역시 마찬가지였다.

명류산의 눈이 크게 떠졌다.

인파를 헤치고 아름다운 여인이 걸어 들어오고 있었기 때문이다.

마치 만개한 장미처럼 수려한 이목구비에 늘씬한 교구, 화사한 붉은 비단옷과 허리에 찬 검이 인상적인 여인이었다. 그녀의 미모에 압도당했는지 객잔 안의 무인들이 모두 숨을 죽였다.

수많은 사람의 시선에도 여인은 눈 한번 깜빡이지 않고 걸음을 옮겼다. 그녀의 전신에서는 범상치 않은 기세가 흘러나와 객잔 안에 있는 사람들을 압도하고 있었다.

"햐!"

명류산이 그녀의 모습을 보며 자신도 모르게 탄성을 내뱉었다.

한눈에 보아도 명문가의 여인이라는 것을 알 수 있었다. 자신은 감히 비교도 할 수 없는 고귀한 신분이라는 것이 느껴졌다.

여인은 잠시 주위를 둘러보다가 빈자리를 발견하고는 그곳에 앉았다. 그러자 점소이가 즉각 달려왔다.

"헤헤! 어서 오십쇼."

점소이는 비굴할 정도로 허리를 굽실거렸다. 본능적으로 여인이 보통 사람이 아님을 눈치챈 것이다.

여인이 물었다.

"빈방 남은 것이 있느냐?"

"있긴 한데……."

"그런데?"

"최고급 일 인실이라서……. 하룻밤에 은자 한 냥인데 괜찮겠습니까?"

은자 한 냥이면 쌀 한 가마니 값이다. 일반 서민이라면 최소 두 달 이상을 버틸 수 있는 어마어마한 액수다. 그러나 돌아온 여인의 대답은 흔쾌했다.

"상관없다."

"헤헤! 그럼 묵으실 준비를 해놓겠습니다요. 식사는 어떡하시겠습니까?"

"간단한 음식으로 몇 가지 내오거라."

"금방 준비하겠습니다."

점소이가 재빨리 주방으로 뛰어들어갔다.

여인은 의자에 앉아 객잔을 한 바퀴 둘러보았다. 여인의 눈에서 서늘한 안광이 흘러나왔다. 그녀와 눈이 마주친 사람들은 분분히 고개를 돌려 시선을 피했다. 본능적으로 그녀가 자신들보다 고수라는 것을 느낀 것이다. 방금 전까지 그렇게 소란스럽던 장내가 조용해졌다.

침묵은 여인이 주문한 음식이 나온 후에야 끝났다. 점소이가 음식을 내오고 식사를 하면서 다시 왁자지껄한 분위기가 시작됐다. 사람들은 음식을 먹고 술을 마셨다. 그러면서 간간이 여인의 모습을 훔쳐봤다.

명류산도 예외는 아니었다. 그는 장년인과 술잔을 기울이면서도 여인에게서 시선을 떼지 못했다.

명류산의 마음을 읽었는지 장년이 피식 웃으며 말했다.

"왜, 자네도 그녀가 욕심나는가?"

"그러면 안 됩니까?"

"안 되네. 보다시피 그녀는 우리와 태생 자체가 달라. 오르지 못할 나무는 쳐다보지 않는 게 현명하네."

"크윽!"

장년인의 단호한 말에 명류산의 얼굴이 일그러졌다. 하지만 그것도 잠시, 이내 그가 태연한 척 표정을 바꿨다.

'두고 봐라. 내 언젠가는 저 여자를 내 것으로 만들고 말

테니까.'

그가 이를 갈며 다짐했다.

그때 다시 입구 쪽에서 소란이 일었다. 이번엔 여인의 등장 때보다 더욱 동요가 컸다.

"또 누가 왔기에……?"

장년인과 명류산의 시선이 다시 객잔 입구로 향했다.

이번엔 여인과 달리 건장한 남자의 등장이었다. 육 척 장신에 남자답게 선이 굵은 인물이었다. 남자는 화려한 푸른 장삼을 입고 허리엔 패검(覇劍)을 차고 있었는데, 특이하게 패검의 손잡이엔 세 개의 고리가 달려 있었다.

객잔의 손님들 중 누군가가 남자의 패검을 알아보았다.

"세 개의 고리? 삼환검문(三環劍門)의 제자다."

"삼환검문? 그렇다면 혹시 비응검객 좌문호 소협인가?"

손님들의 웅성거림이 커져갔다.

남자는 그런 사람들의 반응을 즐기는 듯 여유로운 미소를 지우지 않았다.

사람들의 짐작처럼 그는 비응검객(飛鷹劍客) 좌문호였다. 산동지역의 명문인 삼환검문의 장문제자였다.

좌문호는 여인이 앉은 탁자를 향해 걸음을 옮겼다. 식사를 하던 여인이 젓가락질을 멈추고 좌문호를 바라보았다.

두 사람의 시선이 허공에서 마주쳤다.

여인의 미간에 살짝 골이 파였다. 하지만 좌문호는 아랑곳하지 않고 여인이 식사를 하는 탁자 앞에 섰다.

"잠시 앉아도 되겠소, 남 소저?"

"끈질기군요, 좌 공자. 분명 그 제안은 거절한 것으로 알고 있는데요."

"하하! 남 소저도 조금만 더 내 이야기를 들으면 생각을 바꾸게 될 거요."

여인의 날 선 반응에도 아랑곳하지 않고 좌문호가 그녀의 앞에 앉았다. 좌문호의 안하무인격인 행동에 여인의 눈썹이 살짝 치켜 올라갔다.

"좌 공자."

"잠시만 더 시간을 내주시오. 만일 이번에도 거절하면 내 두 번 다시 강권하지 않을 테니까."

"……."

"이렇게 부탁하겠소."

좌문호의 뻔뻔스러움에 결국 여인이 고개를 끄덕이고 말았다. 그런 여인을 보면서 좌문호가 승자의 미소를 지었다.

'아무리 무공이 강하면 무얼 하겠는가? 결국은 아무런 경험도 없는 강호 초출에 불과한데.'

사실 여인은 무척이나 대단한 신분 내력의 소유자였다.

무산신녀(巫山神女) 남수련.

강호의 신비 문파인 무산파의 후계자이자 절정을 넘어선 검객이 바로 그녀이다. 칠소천의 일원이면서도 강호에 거의 모습을 드러내지 않던 그녀가 대죽현에 모습을 드러낸 것이다.

　'좌문호, 창룡회의 일원이라고 했지.'

　좌문호가 접근해 온 것이 불과 하루 전이다. 어떻게 그녀의 행보를 알았는지 미리 길목을 지키고 있다가 창룡회에 가입하라고 권유했다.

　그녀는 단박에 좌문호의 제안을 거절했다. 하지만 좌문호는 끈질기게 그녀를 따라붙어 설득하려 했다.

　좌문호와 몇 번 대화를 해본 결과 그녀는 놀라운 사실을 알 수 있었다.

　'생각보다 많은 젊은 무인이 창룡회에 가입되어 있다는 것. 그리고 그들의 영향력이 생각 외로 대단하다는 것.'

　극비인 그녀의 행보를 파악한 것만 봐도 그들이 얼마나 대단한 정보력을 가지고 있는지 알 수 있었다. 하지만 그녀는 창룡회에 가입할 생각이 전혀 없었다.

　그녀가 속한 무산파는 세속의 일에는 관심이 없는 신비지문이었다. 특별한 일이 아니면 무산파의 영역 밖으로 제자를 내보내는 경우도 거의 없었다. 영향력의 확대에 관심이 없기에 군이 창룡회에 가입할 이유가 없었다.

그녀가 무산파를 나온 것은 차후 장문제자로서 경험을 키워주기 위한 장문인의 배려였다. 잠깐의 유랑이 끝나면 그녀는 다시 무산파로 돌아가 두 번 다시 세상에 나올 일이 없을 것이다.

좌문호가 말했다.

"남 소저께서 염려하는 바가 무엇인지 나도 잘 알고 있소. 아마도 무산파의 순수함이 창룡회에 가입하는 것으로써 훼손되는 것일 터. 하나 그 점은 걱정하지 않으셔도 되오. 본 회는 순수한 친목 모임이니까."

객잔 안의 무인들은 좌문호의 말을 듣기 위해 귀를 쫑긋 세웠다. 하지만 누구도 그의 목소리를 들을 수 없었다. 좌문호가 기막(氣膜)으로 음성을 완전히 차단했기 때문이다.

"나도 분명히 말하겠어요, 좌 공자. 나는 창룡회에 가입할 생각이 전혀 없어요."

"남 소저, 그러지 말고 다시 한 번 생각해 보시오. 창룡회의 문은 아무에게나 열리는 것이 아니라오. 이것은 분명 남 소저에게도 큰 기회가 될 것이오."

"미안해요, 좌 공자."

남수련의 단호한 대답에 좌문호가 한참 동안이나 그녀를 노려봤다. 두 사람 사이에 차가운 기운이 감돌기 시작했다.

명류산의 엉덩이가 들썩거렸다.

입으로는 술을 마시고 있지만 그의 귀는 온통 남수련과 좌문호의 좌석을 향해 열려 있었다. 하지만 아무리 귀를 기울여도 그들의 목소리는 들리지 않았다.

좌문호가 기막을 펼친 사실을 모르는 명류산의 얼굴은 궁금중으로 가득했다. 무언가 중요한 이야기를 하는 것 같은데 들을 수가 없으니 속이 타는 것이다.

명류산뿐만이 아니었다. 이곳 객잔에 있는 대부분의 사람이 모두 남수련과 좌문호의 대화에 이목을 집중하고 있었다. 하지만 명류산처럼 그들 역시 그 어떤 대화도 듣지 못했다.

그때였다.

쾅!

갑자기 좌문호가 손바닥으로 탁자를 치며 자리를 박차고 일어났다. 그 소리가 어찌나 컸는지 객잔 안의 사람들이 두 손으로 귀를 막으며 고통스러운 표정을 지었다.

좌문호가 무서운 눈으로 남수련을 노려보았다. 남수련도 지지 않고 그를 마주 바라보았다.

팽팽한 긴장감이 두 사람 사이에 맴돌았다.

일촉즉발의 기운에 객잔 안의 무인들이 모두 숨을 죽였다.

좌문호가 이를 뿌득 갈았다.

"정녕 우리의 제안을 거절하겠다는 것이오? 그래서는 남소저에게 아무런 득도 안 될 텐데!"

"제 생각은 확고해요."

"오늘의 결정, 부디 후회하지 않길 바라겠소."

좌문호가 뒤돌아섰다.

그의 얼굴엔 분노의 빛이 가득했다.

이제껏 많은 기재를 만나고 창룡회에 가입할 것을 제안했지만 이렇게 매몰차게 거절당한 것은 이번이 처음이다. 누구보다 창룡회에 대한 자부심이 큰 만큼 가슴에 남은 상처 또한 컸다.

그가 객잔 밖으로 성큼성큼 걸음을 옮겼다. 그와 시선이 마주친 무인들이 '힉' 하는 기괴한 신음 소리와 함께 고개를 돌렸다. 강렬한 살기가 넘실거리는 눈빛을 감당하지 못했기 때문이다.

남수련은 객잔 문을 박차고 나가는 좌문호의 뒷모습을 어두운 표정으로 바라보았다.

'창룡회, 세상이 어지러워지니 젊은 무인들마저 파벌을 만드는구나.'

자신도 모르게 한숨이 나왔다.

좌문호의 제안을 거절한 것을 후회하지는 않았다. 하지만 그의 눈빛을 보아하니 앞으로 제법 피곤해질 것 같았다. 저런 눈빛을 가진 자들은 자존감이 쓸데없이 높고 강해서 조그만 원한도 잊지 않는다.

'하는 수 없지. 최대한 주의하는 수밖에.'

남수련이 젓가락을 놓았다.

입맛이 다 떨어졌다. 개인적으로 술을 좋아하지 않았지만 아무래도 오늘은 한잔해야 할 것 같았다.

그녀가 점소이를 불러 다시 주문했다.

"여기 술 한 병 가져오너라."

점소이가 대답과 함께 즉시 술병을 가져왔다. 그녀는 홀로 자작하기 시작했다. 몇몇 무인이 그 모습을 보고 침을 꿀꺽 삼켰다.

아름다운 여자가 홀로 술을 마시는 광경은 무척이나 유혹적이었다. 만일 비응검객 좌문호와 대치하는 모습을 보지 못했다면 분명 몇몇은 그녀에게 다가가 추근거렸을 것이다. 명류산도 그중 한 명이었다.

'그녀의 이름은 뭘까? 일행이 또 있을까? 그녀 역시 운중천으로 가는 건가?'

온갖 생각이 머릿속을 맴돌았지만 막상 그녀에게 다가갈 용기는 없었다. 명류산은 죄 없는 싸구려 독주만 벌컥벌컥 들이켰다.

그때였다. 또다시 객잔 입구에서 누군가 들어오는 소리가 들렸다. 혹시나 좌문호가 다시 돌아온 것인가 싶어 바라봤다. 하지만 들어온 이들은 좌문호가 아니었다.

'저들은?'

명류산의 눈이 빛났다. 어디선가 한번 본 기억이 있기 때문이다.

적갈색의 피풍의를 입은 채 선두에 선 남자는 바로 진무원이었다. 그의 뒤를 하진월과 당기문, 당미려가 따르고 있었다.

진무원의 얼굴에 낭패한 기색이 떠올랐다. 객잔 안에 남아있는 자리가 없었기 때문이다. 가는 객잔마다 만석이라서 쫓겨나다시피 했다. 그나마 이곳이 가장 허름한 객잔이라서 왔는데, 이곳에도 빈자리는 보이지 않았다.

진무원이 잠시 주위를 둘러보다 혼자 탁자를 차지하고 있는 남수련을 향했다.

"소저, 혹시 괜찮으시다면 잠시 합석해도 되겠습니까? 보다시피 남는 자리가 없어서 말입니다."

남수련이 잠시 진무원을 물끄러미 바라보았다. 이미 좌문호 때문에 기분이 상한 경험이 있기에 그녀의 표정은 그다지 좋지 않았다. 하지만 진무원의 깊고 유현한 눈동자를 보는 순간 자신도 모르게 고개를 끄덕이고 말았다.

"고맙습니다. 이리 와서 앉으십시오. 고맙게도 소저께서 허락해 주셨습니다."

진무원의 일행이 탁자에 앉으며 정중히 인사를 했다.

"고맙네, 소저."

"감사해요."

남수련이 고개를 저었다.

"아니에요. 저는 이제 식사가 거의 끝나가니 부담 갖지 않으셔도 돼요."

그녀의 말에 진무원 등이 다시 한 번 감사의 인사를 했다.

그들이 자리에 앉자 점소이가 즉각 달려왔다. 당기문이 모두를 대신해 물었다.

"혹시 남는 방 있느냐?"

"그게…… 이젠 별채밖에 없습니다요. 그런데 너무 비싸서……."

점소이가 말끝을 흐렸지만 당기문은 개의치 않았다.

"그럼 별채가 있긴 있단 말이구나? 얼마더냐?"

"은자 다섯 냥은 주셔야……."

말을 해놓고도 점소이가 얼굴을 붉혔다. 주인의 뜻에 따라 그렇게 받고 있지만, 스스로도 너무하다는 생각이 들었기 때문이다.

별채라고 해봐야 주인댁 내외가 쓰던 초라한 거처에 불과했다. 장점이라고는 그나마 높다란 담장 덕분에 외부의 시선에서 자유롭다는 것뿐이다. 그런 초라한 거처를 은자 다섯 냥이나 받는다는 것 자체가 점소이에게도 불편한 일이었다.

"허! 주인이 돈을 갈퀴로 긁어모으려고 작정했구나."

"죄, 죄송합니다요."

"네가 죄송할 게 무에 있겠느냐? 내 셈을 치를 테니 별채를 다오."

당기문은 내친김에 품에서 은자가 담긴 주머니를 꺼냈다. 주머니 안에서 짤랑거리는 소리가 울려 퍼졌다. 당기문은 은자 다섯 개를 꺼내 점소이에게 건네주며 말했다.

"식사는 나중에 따로 셈을 치를 테니 이 집에서 제일 잘하는 걸로 몇 가지 내오거라."

"예, 알겠습니다요!"

점소이는 재신(財神)을 만났다고 생각하며 후다닥 주방으로 달려갔다.

진무원이 미소를 지으며 말했다.

"그래도 다행입니다. 허름한 곳이나마 거처를 구해서."

"그러게 말이네. 그놈의 척마대가 뭐라고 가는 객잔마다 자리가 없는지."

당기문이 질렸다는 표정으로 고개를 절레절레 저었다. 당미려도 당기문과 비슷한 표정을 지었다.

하진월이 코웃음을 쳤다.

"흥! 운중천에 가면 다들 뽑힐 수가 있다고 생각하는 거겠지. 운중천이 그렇게 만만한 곳이라고 생각하는 것 자체가 멍청한 거지. 하루살이들이 생각하는 머리마저 없으니 어떻게 내일을 기약할까?"

그의 독설에 진무원이 조용히 고개를 저었다.

하진월이 그나마 공손하게 대하는 사람은 당기문 정도에 불과했다. 그 외 사람들에게는 독설을 가리는 법이 없었다. 그 때문에 당문을 떠나 이곳으로 오는 동안 문제를 일으킨 것만 해도 수차례이다. 그때마다 진무원은 진땀을 흘리며 사태를 수습해야 했다.

하진월의 독설에 남수련이 자신도 모르게 풋 웃음을 터뜨렸다. 그에 하진월의 눈이 반짝였다.

"호! 소저께서는 이 몸의 생각에 동의하는 것 같군."

"그게 아니라……."

"어디 보자. 허리에 찬 요대에 새겨진 사방신(四方神)을 보아하니 무산파의 제자인 것 같군. 검에 붙은 수실이 금색인 것을 보니 장문인의 진전을 이어받은 직전제자군. 그렇다면 소저가 칠소천으로 위명이 자자한 무산신녀겠군."

"그걸 어떻게?"

남수련의 얼굴에 경악의 빛이 일렁였다.

무산파가 요대에 사방신을 새겨 신분을 증명한다는 것은 외부에 거의 알려지지 않은 사실이다. 장문제자에게 금색의 수실이 주어진다는 사실 또한 아는 사람이 무산파 내에서도 극히 소수에 불과했다.

무산파 내부의 인물이 아니고서는 알 수 없는 사실을 하진월은 너무나 태연하게 말하고 있었다.

하진월이 히죽 웃었다.

"그게 뭐 놀랄 일이라고 그러는가? 입 닫으시게. 파리가 들어가겠네."

"대협은 누구십니까?"

그녀의 얼굴에 경계의 빛이 떠올랐다. 상대가 너무나 쉽게 자신의 정체를 알아차렸기 때문이다.

"내 이름은 말해줘도 모를 걸세. 아, 형님은 알겠군. 들어본 적 있겠지? 당기문 대협. 당문의 만독각주일세."

"그런?"

남수련이 놀라 자리에서 일어났다.

어찌 모를 수 있을까? 강호를 살아가는 자치고 당문의 동향에 촉각을 곤두세우지 않는 자 없었고, 그중에서도 당기문은 매우 유명한 사람이었다. 만독제 당관호를 제외하면 천하에서 가장 독물에 능통한 자였으니까.

"말학 후배 남수련이 당문의 선배님께 인사드립니다."

"허허! 사람하고는. 어서 자리에 앉으시게."

당기문이 허락도 없이 자신의 신분을 드러낸 하진월을 타박했다. 하지만 하진월은 태연했다. 자신이 남수련의 신분을 말할 때 진무원이 이미 기막을 펼쳐 음파를 차단했다는 사실을 알고 있기 때문이다. 즉 이 안에서 어떤 이야기를 하더라도 밖에서 귀를 기울이고 있는 음흉한 늑대 같은 인간들은 아무것도 알아낼 수 없다는 뜻이다.

하진월의 득의양양한 웃음에 진무원이 쓴 미소를 지었다. 어떨 때는 아이 같아서 어디로 튈지 도무지 예측을 할 수 없는 하진월의 모습에 그도 점점 익숙해지고 있었다.

당기문이 옆자리에 앉아 있는 당미려를 가리켰다.

"이 아이는 내 질녀인 당미려라고 하네."

"아! 사천일화(四川一花) 당 소저시군요. 반가워요."

"제가 더 반갑네요. 천하에 위명이 자자한 무산신녀를 이리 뵙다니."

같은 여자끼리라서 그런지 그녀들은 반가운 표정을 지었다.

남수련의 시선이 이번엔 진무원을 향했다. 그에 진무원이 포권을 취했다.

"진무원이라고 합니다."

"반가워요, 진 소협. 그런데……."

남수련이 고개를 갸웃거렸다. 어디선가 그 이름을 들어본 것 같았기 때문이다. 하지만 잘 생각이 나지 않았다.

하진월이 말을 돌렸다.

"남 소저도 운중천에 가는 모양이시군."

"네."

"경험을 쌓으러 나오신 건가?"

"맞아요."

하진월의 정확한 추측에 남수련은 더 이상 놀랄 기력도 없는지 순순히 대답했다. 하지만 그녀의 속내는 그렇게 단순하지 않았다.

'이 남자가 누구기에?'

단 한 번 본 것만으로 그녀의 정체와 행보를 짐작해 내는 남자가 범상할 리 없었다. 문제는 그녀가 하진월의 정체를 도무지 짐작하지 못하겠다는 것이다. 강호에 이런 남자가 있다는 이야기를 단 한 번도 들어본 적이 없었다.

하진월이 남수련의 속내를 읽기라도 한 듯 씨익 웃었다.

그때 점소이가 음식을 내왔다. 기존에 남수련이 시킨 것까지 더해지자 탁자는 음식으로 가득 찼다.

하진월이 말했다.

"이것도 인연인데 같이 식사나 하세."

"저는……."

"사양하지 말게. 혼자보단 여럿이 더 분위기가 있지 않은가?"

"그래요. 저희와 함께 식사해요, 남 소저."

당미려까지 합세하자 남수련은 더 이상 거절할 핑곗거리를 찾지 못하고 고개를 끄덕이고 말았다. 솔직히 이들 일행이 궁금하기도 했다.

그렇게 다섯 사람은 함께 식사하기 시작했다. 그제야 진무원은 펼친 기막을 거둬들였다.

술이 한차례 돌고, 웃음꽃이 피기 시작했다.

* * *

조용히 방문을 열고 들어오는 검은 인영이 있었다. 얼굴에 복면을 뒤집어쓴 검은 인영은 잠시 주위를 두리번거리다가 조심스럽게 걸음을 옮겼다.

방 안에는 모두 세 사람이 잠을 자고 있었다. 그들은 모두 깊은 잠에 빠져들었는지 미동조차 없었다. 검은 인영은 두근거리는 심장을 억지로 진정시키며 누워 있는 남자들을 향해 다가갔다.

'제기랄! 제발 깨지 마라. 제발.'

검은 인영은 떨리는 손으로 맨 왼쪽에 자고 있는 남자의 품을 뒤졌다. 다행히 남자는 잠에 깊숙이 빠졌는지 검은 인영이 품을 뒤지는데도 미동조차 없었다.

검은 인영의 손에 묵직한 감촉이 전해졌다. 드디어 그토록 원하던 물건을 찾았다. 그는 조심스럽게 손을 빼냈다.

남자의 품을 빠져나온 그의 손에는 묵직한 돈주머니가 들려 있다. 처음부터 그의 목적은 남자의 품에 있는 돈주머니였다. 검은 인영은 쾌재를 부르며 방을 빠져나가려 했다.

그때였다.

"거, 간덩이가 부을 대로 부은 놈이구만."

"헉!"

갑자기 들려온 차가운 냉소에 검은 인영의 몸이 딱 얼어붙었다.

검은 인영이 뒤돌아보자 잠들어 있던 남자 중 두 명이 일어나 자신을 똑바로 바라보고 있다.

검은 인영을 바라보는 이는 바로 진무원과 하진월이었다. 그들은 예상치 못한 밤손님의 등장에 어이없다는 표정을 짓고 있었다.

하진월이 혀를 찼다.

"쯧쯧! 하필 훔칠 대상이 없어서 강호인을 노리다니…… 머리가 빈 거냐, 아니면 겁대가리를 상실한 것이냐?"

"제길!"

검은 인영이 훔친 돈주머니의 주인은 바로 당기문이었다. 당기문은 불청객이 돈주머니를 훔쳐 갔다는 사실도 모른 채 깊은 잠에 빠져 있었다.

검은 인영은 급히 얼굴을 가리며 밖으로 뛰쳐나갔다. 그 모습을 잠시 어이없다는 듯 바라보던 하진월이 진무원에게 말했다.

"나는 다시 잘 테니 저 녀석은 네가 알아서 해결하거라."

하진월은 진무원의 대답도 기다리지 않고 다시 이불을 뒤집어썼다. 진무원은 가늘게 한숨을 내쉬며 자리에서 일어났다.

검은 인영을 쫓는 것은 그리 어렵지 않았다. 바닥 곳곳에 급히 뛰어간 흔적이 남아 있기 때문이다.

진무원은 객잔에서 이백 장가량 떨어진 골목에서 검은 인영을 찾아냈다. 그는 막다른 골목에 막혀 어쩔 줄을 몰라 하고 있었다.

진무원이 그에게 말했다.

"돈주머니만 돌려주십시오. 그러면 고이 보내주겠습니다."

"못 줘! 이건 내 거야!"

검은 인영이 당기문에게서 훔친 돈주머니를 등 뒤로 숨겼다. 그 모습에 진무원이 다시 한숨을 내쉬었다.

"그건 당신 것이 아닙니다."

"뭐라고 해도 못 줘. 이제부터 이건 내 거야."

갑자기 검은 인영이 허리에서 검을 꺼내 진무원을 향해 겨 눴다. 순간 진무원의 눈빛이 차갑게 가라앉았다.

검을 꺼냈다는 것은 상대를 상하게 하겠다는 의도이다. 단 순히 남의 물건을 훔치는 것과는 차원이 달랐다.

진무원이 그에게 한 걸음 다가갔다.

"무슨 사연이 있는지 모르지만 그 검을 내려놓는 것이 좋 을 겁니다."

"웃기는 소리 하지 마! 다가오면 죽을 줄 알아!"

검은 인영의 음성에는 나름의 살기가 담겨 있었다. 그의 각 오가 담겨 있는 것이다.

진무원이 걸음을 옮겼다. 그러자 검은 인영이 진무원을 향 해 검을 휘둘렀다. 검격에 제법 힘이 담겨 있다. 그리고 검격 은 진무원의 목을 노리고 있었다. 진짜로 목숨을 노린 것이 다.

진무원이 고개를 꺾으며 검은 인영의 검격을 피했다.

그의 눈빛이 깊이 침잠됐다. 검은 인영의 망설임 없는 살수 에 화가 살짝 치민 것이다.

남을 그렇게 쉽게 죽일 생각을 하면서 죽음의 사신이 왜 자 신에겐 찾아올 거라고 생각하지 않는지, 남을 죽일 수 있다면 자신 역시 언제든 죽을 수 있다는 사실을 상대는 알지 못하고 있었다.

　다시 검을 휘둘러 오는 상대를 향해 진무원이 두 손가락을 뻗었다. 검과 손가락이 허공에서 부딪쳤다.

　쩌엉!

　순간 검은 인영이 들고 있던 검이 산산조각 나서 비산했다. 진무원의 독문절기인 쇄병지였다.

　"헉! 내 검이…… 안 돼!"

　검은 인영이 산산이 부서져 내리는 검을 보며 망연자실한 눈빛을 했다. 잠시 부서진 검을 바라보던 검은 인영이 갑자기 진무원을 향해 죽기 살기로 달려들었다.

　"이익! 내 검을 부수다니! 그게 어떤 검인데!"

　그의 주먹이 진무원의 요혈을 노렸다.

　정확성은 제법이었지만 힘이 한참이나 부족했다. 진무원과 같은 고수는커녕 시중의 삼류무인들을 상대하기에도 벅차 보였다.

　진무원이 그의 손목을 잡아 가볍게 꺾었다.

　우두둑!

　"크악!"

　손목이 탈골되는 소리와 함께 검은 인영의 몸이 옆으로 따라 돌아갔다. 진무원은 바닥에 누워 버둥거리는 검은 인영이 쓰고 있는 복면을 벗겼다. 그러자 본래의 얼굴이 드러났다.

"당신은?"

진무원이 미간을 찌푸렸다. 분명 어디선가 한 번 본 적이 있는 인물이었기 때문이다.

진무원은 금방 기억을 떠올렸다.

'사천의 서부고원을 빠져나온 후 하루 머물렀던 마을. 그곳 촌장의 아들.'

검은 인영의 정체는 명류산이었다.

명류산은 진무원의 발밑에 깔린 채 망연히 부서진 검편을 바라보고 있었다. 그의 입장에서는 전 재산이라 할 수 있는 은자 한 냥을 주고 산 검이다. 그런 검이 채 하루도 써보지 못하고 부서진 채 바닥에 나뒹굴고 있다.

명류산이 진무원을 노려봤다.

"이익! 네놈을 용서할 수 없다!"

그는 자신이 당기문의 돈주머니를 훔쳤다는 사실도 잊어버리고 분노했다. 그만큼 검이 부서진 것에 큰 충격을 받은 것이다. 그런 명류산의 태도에 진무원의 눈빛이 차가워졌다.

"당신은 남의 주머니를 노렸습니다. 목숨을 잃지 않은 것만 해도 다행으로 생각하십시오."

이보다 하찮은 이유로도 목숨을 잃을 수 있는 곳이 강호다. 실제로 그런 일이 비일비재하게 일어나고 있다.

진무원이 주머니를 빼앗으며 제압하고 있던 팔을 풀어줬다. 명류산이 탈골된 손목을 부여잡으며 일어났다.

"네가 뭘 알아? 너처럼 편하게 무공을 익힌 놈이 뭘 안다고 헛소리야? 씨발! 좋은 집안에서 태어나 편하게 무공을 익혔겠지. 나도 그 정도 배경만 있었으면 너 정도는 문제가 아니야."

"좋은 집안? 배경?"

"왜, 아니라고 말하고 싶어? 그러니까 그렇게 강해진 것 아니냐? 씨발!"

진무원이 말없이 명류산을 바라보았다.

명류산의 얼굴에는 자책감 대신 분노만 가득했다. 세상의 모든 분노를 그 한 몸에 가진 것 같은 표정이다.

"그래서 다른 사람의 주머니를 훔친 겁니까? 당신도 강해지고 싶어서?"

"그래! 운중천까지 가려는데 여비가 모자라서 조금 빌리려 했다. 있는 놈 것 좀 나눠 쓰자는 게 그렇게 나쁜 일이야? 그깟 몇 푼, 운중천에서 출세해 갚으면 되잖아. 나도 운중천에 들어가면 그렇게 강해질 수 있다고."

"당신은 잘못 알고 있군요. 그렇게 해서 강해질 수 있으면 세상에 약한 사람은 단 한 명도 없을 겁니다."

"개소리하지 마, 새꺄! 너같이 있는 놈들이나 그런 말을 하는 거지, 우리같이 밑바닥을 전전하는 삶이 뭔지 알아? 하긴 금 수저를 입에 물고 태어난 새끼가 뭘 알겠어? 금 수저 좀 나눠 갖자는 게 그리 잘못된 거야?'

진무원은 명류산이 철저하게 뒤틀려 있다는 사실을 깨달았다.

그는 자신의 부족함을 온통 세상 탓으로 돌리고 있었다. 진무원이 어떤 말을 하더라도 그는 결코 듣지 않을 것이다. 그리고 그런 그의 태도는 아마 다른 곳에서도 변하지 않을 것이다.

"아무래도 당신은 좀 맞아야 할 것 같군요."

"뭐?"

"맞아 죽지 않으려면 최선을 다하십시오."

순간 진무원의 모습이 명류산의 시야에서 사라졌다. 그가 도저히 인지할 수 없는 엄청난 속도로 이동한 것이다.

퍼억!

소성과 함께 명류산의 허리가 새우처럼 꺾였다. 진무원이 검집으로 복부를 때린 것이다.

"꺼억!"

명류산이 거품을 물었다. 강렬한 충격에 속이 뒤집어지면서 위액이 식도를 타고 역류했다. 하지만 진무원의 공격은 이제 겨우 시작에 불과했다.

검집이 명류산의 옆구리와 얼굴을 강타하기 시작했다.

퍼버벅!

연신 타격 음이 울려 퍼졌다.

설화가 강타할 때마다 명류산은 뼛속까지 울려 퍼지는 고통에 비명을 내질렀다.

그가 반격을 하려 했다. 그에겐 삼 년 동안 성도의 무관에서 익힌 무공이 있었다. 하지만 생각과 달리 육체는 그의 의지를 배반했다.

그렇게 열심히 수련했는데 어떤 초식을 펼쳐야 하는지 생각도 나지 않았다. 머릿속은 하얗게 지워지고 손발은 따로 놀았다.

설화는 명류산의 허점을 사정없이 파고들었다. 별로 힘주어 때리는 것 같지도 않는데 극심한 고통이 밀려왔다.

'씨팔!'

그는 가차 없이 폭력을 행사하는 진무원에게 분노했다. 얻어맞으면서도 진무원을 향한 그의 분노는 전혀 사그라들 줄 몰랐다. 하지만 그가 분노를 불태울수록 진무원의 공격 또한 더 매서워졌다.

그는 통증이 극대화되는 부분만 골라서 때렸다.

툭! 퍼억!

명치를 때린 검집이 크게 휘돌아 목젖을 강타했다. 두 곳

모두 자칫 잘못하면 목숨을 잃을 수 있는 요혈이다.

죽지 않을 정도로, 하지만 최대한 고통을 느끼게 힘 조절을 했다.

"크억!"

명류산이 자신도 모르게 비명을 내지르기 시작했다. 이젠 자존심이고 뭐고 없었다. 너무나 고통스러워서 그냥 기절하고 싶었다. 하지만 진무원이 그렇게 내버려 두지 않았다.

진무원은 명류산이 정신을 잃지 않도록 통점(痛點)을 최대한 자극했다. 살짝 치는 것 같아도 명류산이 느끼는 고통은 그야말로 어마어마했다.

더 맞으면 죽을 것 같았다. 이젠 자존심이고 뭐고 따질 때가 아니었다. 그래도 그는 이를 악물고 참았다.

진무원에게 빌고 싶지는 않았다. 그것이 그의 마지막 자존심이었다.

'설령 맞아 죽더라도 절대 빌지 않겠다.'

설화가 강타할 때마다 명류산의 몸에 피멍이 들었다.

명류산은 그야말로 정신이 혼미해졌다. 이젠 무공이고 뭐고 본능에 의지해 최대한 자신을 보호하려고 했다.

옆구리가 제일 아팠기에 팔을 최대한 가까이 붙였다. 명치를 얻어맞으면 숨도 제대로 쉴 수 없다는 것을 깨닫고 주먹으로 가렸다. 뻣뻣하게 서 있는 것보다 몸을 굽히는 것이 통증을 완화하는 데 도움이 된다는 사실을 알아냈다.

그러다 보니 묘한 자세가 됐다. 두 주먹으로 상체의 상하를 가린 채 금방이라도 뛰어나갈 듯한 극단적인 자세다. 그 상태로 진무원의 검을 피하기 위해 상체를 이리저리 흔들었다. 물론 그렇다고 진무원의 검을 피할 수는 없었지만, 그래도 좀 전보다는 통증이 많이 줄어들었다.

쉬익!

진무원의 공격이 더 매서워졌다. 파공음이 이전과 비교할 수 없이 날카로워졌다. 그의 공격에 그나마 남아 있던 명류산의 정신이 완전히 날아갔다.

그를 지탱하는 것은 살아야겠다는 본능뿐이었다.

움찔움찔!

파공음이 울려 퍼질 때마다 명류산의 몸이 절로 반응했다. 이젠 완전히 생존본능이 이성을 압도하고 있었다.

설화를 회피하고자 하는 움직임이 좀 더 간결하고 빨라졌다. 그러다가 어느 순간 완전히 탈진했는지 그의 몸이 그대로 뒤로 나가떨어졌다.

쿵!

그제야 진무원은 설화를 거둬들였다.

명류산은 게거품을 게워 올리며 혼절했다. 그의 전신은 진무원이 남긴 피멍으로 가득했다.

진무원의 눈에 이채가 어렸다.

"분명 처음엔 엉망이었는데 어느새 자신에게 맞는 최적의 자세와 움직임을 만들어냈다."

일정 부분은 진무원이 의도한 바다.

명류산과 같이 앞뒤 가리지 못하는 성격은 쉽게 맞아죽기 십상이다. 강호는 명류산과 같은 자의 뒤틀린 소리를 들어주지 않으니까. 그래서 어디 가서 맞아죽지나 말라는 의미에서 제대로 맞는 법이라도 각인시켜 주려 했다. 그것이 기꺼이 하룻밤 거처를 제공해 준 촌장에 대한 조그만 보상이라 생각했다.

그런데 명류산의 반응이 진무원의 예상을 초월했다.

내공도 형편없고 성취도 보잘것없었지만 그를 뛰어넘는 어떤 본능이 있었다. 아마도 명류산을 가르친 무관의 관주는 그를 제대로 가르칠 방법을 찾지 못했을 것이다.

"맞으면서 성장하는 부류인가?"

강호는 넓고 사람은 많다. 하지만 이런 부류는 진무원도 처음이었다.

"흠!"

진무원은 기절한 명류산을 어깨에 들쳐 멨다.

"이건 뭐냐?"

하진월이 심드렁한 얼굴로 진무원의 발치에 널브러져 있는 명류산을 바라봤다.

"어제 그 도둑입니다."

"그건 나도 알고 있다. 내 말은 왜 이 물건이 내 눈앞에 있냐는 것이다."

하진월이 발로 명류산의 몸을 툭툭 걸어찼다. 당기문이 그런 하진월을 말렸다.

"아우, 일단 이야기나 들어보세."

"말해봐라. 이 물건을 가져온 이유가 뭐냐?"

하진월이 가장 경멸하는 부류가 노력 없이 결과물만 얻으려고 하는 자들이다. 명류산처럼 사지육신 멀쩡한 자가 일해서 돈 벌 생각을 하지 않고 도둑질을 했다는 사실 자체가 혐오스러운 것이다.

진무원은 간밤에 있었던 일에 대해 설명했다. 그제야 하진월의 표정이 조금 풀렸다.

"흠! 그러니까 우리가 하루 신세졌던 촌장 댁 아들이 이 녀석이란 말이구나."

"예."

"거 웃기는 인연이구만. 하여간 이 물건은 문제 생기지 않게 네가 알아서 처리하거라."

"알겠습니다."

진무원이 미소를 지으며 대답했다.

그제야 지켜만 보고 있던 당기문이 명류산 앞에 쪼그리고 앉았다. 그는 혼절한 명류산의 몸 구석구석을 살펴보았다.

"아주 제대로 다져놓았구나."

"그 정도가 아니고서는 기가 꺾이지 않을 것 같더군요."

"그래도 근성은 있는 모양이구나. 생각보다 근골이 잘 발달했어."

당기문의 얼굴에 감탄의 빛이 떠올랐다.

허름한 옷에 가려져 잘 몰랐는데 명류산의 육체는 놀라울 정도로 잘 발달해 있었다. 특히 오밀조밀하게 발달된 근육은 마치 늑대를 방불케 할 정도로 폭발적인 탄력을 머금고 있었다.

사천의 서부고원을 터전으로 살아왔기에 남들보다 뛰어난 육체능력이 필요했고, 그 결과 근력이나 지구력이 발달한 것 같았다.

당기문이 허리를 펴며 일어났다.

"아무튼 요상한 물건이구나. 네가 알아서 처리하려무나."

"치료해 주지 않는 겁니까?"

"치료는 개뿔. 이 정도 멍 따윈 침만 발라도 나을 게다."

당기문이 고개를 저으며 밖으로 걸음을 옮겼다.

진무원이 한숨을 내쉬었다. 착각일지 모르지만 당기문의 말투가 하진월과 닮아가는 것 같았기 때문이다.

그가 혼절해 있는 명류산을 내려다보았다.

"언제까지 그렇게 누워 있을 작정입니까?"

순간 축 늘어져 있던 명류산의 몸이 움찔했다.

"이미 깬 것 다 알고 있습니다. 일어나십시오."

"……."

"아직 매가 모자랍니까?"

그제야 명류산이 비척비척 몸을 일으켰다. 당기문이 상처를 살필 때부터 깨어 있었던 것이다.

진무원을 바라보는 그의 눈빛 속엔 공포와 분노의 빛이 어우러져 있었다.

"나, 날 어떻게 할 셈이냐?"

"운중천에 가고 싶다고 했죠?"

"그런데?"

"그럼 저희와 같이 가시죠."

"내가 왜?"

"여비 있습니까?"

"……."

"우리와 같이 가면 최소한 먹고 자는 걱정은 하지 않아도 될 겁니다."

명류산의 얼굴에 갈등의 빛이 떠올랐다.

비록 사고방식이 편협하긴 하지만 그도 눈치가 있었다. 한눈에 보기에도 진무원 일행은 범상한 사람들이 아니었다. 그런 이들과 동행할 수 있다면 운중천에 한결 쉽게 입성할 수 있을 거란 생각이 들었다.

더구나 그의 주머니에는 이제 땡전 한 푼 없었다. 구걸하다시피 운중천에 가기보단 이들을 따라가는 것이 훨씬 더 편할 것 같았다.

"조, 좋다."

결국 유혹을 이기지 못한 명류산은 자신도 모르게 대답하고 말았다. 그 모습에 진무원이 미소를 지었다. 진무원의 미소를 보는 순간 명류산은 왠지 불길한 느낌을 받았다. 하지만 진무원의 입에서 나온 말이 그의 생각을 막았다.

"우리 밥이나 먹으러 가죠."

"밥?"

"배고프지 않습니까?"

그 말을 듣자 갑자기 뱃속에서 격렬한 신호음이 울려 퍼졌다. 명류산의 얼굴이 자신도 모르게 붉어졌다.

진무원이 그럴 줄 알았다는 표정을 지으며 앞장섰다. 잠시 망설이던 명류산이 그의 뒤를 후다닥 따랐다.

객잔의 일 층 식당 안에는 이미 하진월과 당기문 등이 자리를 잡고 앉아 있었다.

하진월이 명류산을 보며 인상을 찌푸렸다.

"결국 그 물건도 가져갈 생각이냐?"

"재밌을 것 같아서요."

"흠!"

하진월이 여전히 인상을 풀지 않고 명류산을 바라봤다. 그에 명류산이 바싹 긴장했다. 본능적으로 하진월이 보통 인간이 아니란 사실을 느꼈기 때문이다.

"흠! 네가 그렇다면 그런 거겠지."

하진월이 이내 명류산에게서 시선을 돌렸다.

그의 시선이 닿은 곳에서 당미려와 남수련이 걸어오고 있었다. 어제보다 부쩍 친해진 모습이다.

"아!"

남수련을 보는 순간 명류산의 눈이 몽롱하게 풀렸다. 그런 명류산의 모습을 본 하진월이 코웃음을 쳤다.

당미려와 남수련이 인사를 해왔다.

"다들 편하게 주무셨어요?"

"안녕하세요."

그녀들의 인사에 당기문과 하진월이 고개를 끄덕였다.

당미려와 남수련의 시선이 진무원의 곁에 멍하니 서 있는 명류산을 향했다. 그에 하진월이 대답했다.

"저놈이 주워온 물건이다. 운중천까지 가지고 갈 모양이구나."

"아!"

두 여인이 명류산을 똑바로 바라보았다.

"바, 반갑습니다!"

그녀들의 시선에 명류산이 큰 소리로 대답했다. 그 때문에 식당 안에 있던 사람들의 시선이 일제히 그들에게 집중됐다.

당기문이 그런 명류산에게 말했다.

"그렇게 서 있지 말고 자리에 앉거라."

"예, 옙!"

명류산이 대답과 함께 재빨리 자리에 앉았다. 진무원도 그 옆자리에 앉았다. 때를 맞춰 점소이가 하진월 등이 주문한 음식을 내왔다.

푸짐한 음식을 보자 허기가 더 졌다. 잠시 주위의 눈치를 보던 명류산은 눈을 딱 감고 허겁지겁 음식을 먹기 시작했다.

"허! 그놈 뱃속에 거지가 든 모양이구나."

하진월의 이죽거리는 목소리가 들려왔지만 이미 음식에 눈이 먼 명류산의 귀에는 들리지 않았다. 그는 본능에 따라 음식을 탐했다.

잠시 그를 어이없다는 표정으로 바라보던 사람들도 이내 조용히 젓가락질을 하기 시작했다.

남수련은 호북성 무한에서 무산파의 제자 몇 명을 만나기로 했다고 한다. 그들 역시 남수련처럼 경험을 쌓기 위해 나온 일대제자들이었다. 당미려는 남수련과 그곳까지 동행하길 원하는 눈치였다.

이제까지 자신의 의견 한번 주장한 적이 없던 당미려가 이렇게 나오자 받아들이지 않을 수 없었다. 그렇게 뜻하지 않게 두 명의 동행이 더 생기게 됐다.

일행은 객잔을 나와 근처의 마시장으로 향했다. 그곳에서 일행이 타고 갈 말과 황아가 끌 수레를 샀다. 적잖은 돈이 소

요됐지만 품속에 거금이 있었기에 문제될 것이 없었다.

모두가 미소를 짓고 있었지만, 단 한 명만은 예외였다.

"쳇! 잘났구만, 잘났어."

입술을 잔뜩 내민 채 이죽거리는 이는 바로 명류산이었다. 모두가 말을 타고 가고 있었지만 그는 홀로 걷고 있었다.

하진월이 그런 명류산을 보며 혀를 찼다.

"도적놈이 말은 무슨, 네놈한텐 말이 아까워."

"거, 도적놈이라고 부르지 마십쇼. 어쩌다 실수 한번 한 거 가지고……."

"원래 그렇게 시작하는 거야. 도적이 강도가 되고, 강도가 살인마가 되는 거지. 그나마 무공이 변변치 않아서 다행이지, 안 그랬으면 큰 사고를 쳤을 놈이야, 너는."

"아, 젠장! 도대체 언제까지 우려먹……."

하진월의 비아냥거림에 울컥 화를 내려던 명류산은 그의 곁에서 말을 몰고 있는 진무원을 보곤 입을 꾹 다물었다.

진무원을 보는 것만으로도 살이 떨렸다. 몸이 아직도 간밤의 공포를 기억하고 있는 것이다. 그런 명류산을 보며 하진월이 미소를 지었다. 명류산에게는 그 모습이 꼭 비웃음처럼 느껴졌다.

'떠그럴! 두고 봐라. 지금은 그곳에서 내려다보고 있지만 언젠가는 내 앞에 무릎을 꿇고 빌게 해줄 테니까.'

그는 이를 빠득빠득 갈았다. 하지만 그의 노기는 말을 타고 가고 있는 남수련의 뒷모습을 보는 순간 흔적도 없이 사라졌다. 그는 헤벌쭉 풀어진 표정으로 남수련의 모습을 바라보았다.

하진월이 그런 명류산을 보며 혀를 찼다.

"쯧쯧! 도적놈이 눈만 높아서는……."

"흥!"

또다시 두 사람의 언쟁이 시작되려 하고 있다.

등 뒤에서 들려오는 두 사람의 목소리에 진무원이 한숨을 내쉬며 고개를 저었다. 반면 두 여인은 재밌다는 듯 키득거리며 웃고 있다.

명류산은 하진월과 투탁거리면서도 용케도 뒤처지지 않고 잘 따라오고 있었다.

당기문이 그런 명류산의 모습에 눈을 빛냈다.

'저것 봐라?'

육체적인 능력이 타인보다 월등한 것은 알고 있었지만 체력마저 저렇게 좋을 줄은 몰랐다. 거의 말에 버금가는 주력과 체력의 소유자라니.

'정말 놀랄 노 자구나. 무원은 이런 사실을 미리 안 건가? 이거 재밌겠는데?'

갑자기 명류산에 대한 호기심이 생겼다. 그의 눈빛이 위험하게 빛나기 시작했다.

객잔을 떠난 지 반나절 만에 진무원은 강가에 도착할 수 있었다. 이름 모를 강은 너비가 족히 수백 장이나 되었다. 말을 데리고 강을 건너가려면 필히 운마도강선을 타야 했다.

다행히 강가에는 운마도강선이 들어오는 선착장이 있었다. 진무원 일행뿐 아니라 많은 이가 선착장에서 운마도강선이 들어오길 기다리고 있었다.

선표를 끊고 기다린 지 얼마 되지 않아 선착장으로 운마도강선이 들어왔다. 진무원 일행은 말과 황아를 끌고 운마도강선에 올라탔다.

운마도강선의 갑판은 강을 건너려는 사람들로 북적거리고 있었다. 진무원 일행은 갑판 한쪽에 자리를 잡은 채 운마도강선이 뜨기만을 기다렸다.

그때였다.

"거, 올라갑시다! 자리 좀 비켜주쇼!"

입구 쪽에서 갑자기 큰 목소리와 함께 소란이 일어났다. 갑판 입구 쪽에 있던 사람들이 분분히 자리를 비켜주는 모습이 보였다.

소란과 함께 등장한 이는 세 명의 남자였다. 그중 한 명은 남수련도 아는 자였다.

'저 사람은?'

그녀의 미간에 절로 골이 파였다.

육 척 장신에 선이 굵은 얼굴, 푸른 장삼을 입고 세 개의 둥근 고리가 달린 패검을 허리에 찬 남자는 바로 비응검객 좌문호였다.

좌문호의 좌우에는 칠 척은 족히 넘을 듯한 거한 두 명이 있었는데 얼굴이 틀로 찍어낸 듯 똑같았다. 단지 다른 것이 있다면 한 사람이 다갈색 피부를 가지고 있는 것에 반해 다른 한 명은 분을 바른 듯 하얗다는 것이다.

'쌍둥이?'

칠 척이 넘는 어마어마한 거구에 돌덩이를 박아놓은 듯한 근육, 그리고 똑같은 얼굴을 가진 쌍둥이.

'흑백쌍웅(黑白雙熊) 관 씨 형제인가?'

다갈색 피부를 가진 자가 형인 관산웅이고, 하얀 피부의 거한이 동생인 관산철이다.

특별한 외공을 익혀 피부가 철갑처럼 단단한데다가 타고난 신력이 대단해서 섬서성의 젊은 무인들 사이에서는 꽤나 유명했다.

'저들이 좌 공자가 포섭한 무인들인가 보구나.'

좌문호와 함께 움직이는 것으로 봐서 그들 역시 창룡회에 포섭된 것으로 봐야 했다.

흑백쌍웅 형제의 거구와 박력에 질린 사람들이 분분히 자리를 비켜줬고, 금세 그들 주위로 횅한 공터가 만들어졌다.

만족스러운 표정을 짓던 좌문호의 눈에 이채가 떠올랐다. 그의 망막에 반대편 갑판에 앉아 있는 남수련의 모습이 맺혀 있다.

좌문호가 비릿한 미소를 지으며 남수련을 향해 다가왔다.

"남 소저, 여기서 또 만나다니 정말 반갑소."

"좌 공자."

모른 척할 수도 없기에 남수련이 자리에서 일어나 마주 포권을 취했다.

좌문호가 옆에 있는 흑백쌍웅을 가리켰다.

"아시는지 모르겠지만, 흑백쌍웅 형제라오. 남 소저를 대신해 본 회에 가입하기로 하셨다오."

"관산웅이오."

"관산철이오."

흑백쌍웅 형제가 거만한 표정으로 자신들을 소개했다. 남수련을 내려다보는 그들의 얼굴에는 좌문호와 비슷한 미소가 걸려 있었다.

마치 자신의 결정을 비웃는 듯한 그들의 미소에 남수련은 마음이 상했지만 내색하지 않고 인사했다.

"무산파의 남수련이에요."

"이야기는 많이 들었수다. 칠소천 중 한 명이시라고?"

"칠소천? 거 무지 거창하구만."

관산철의 이죽거림에 주위의 공기가 차갑게 가라앉았다.

*　　*　　*

관산철이 이글거리는 눈으로 남수련을 바라봤다. 그에 남수련의 미간이 살포시 찌푸려졌다. 하지만 그녀의 눈빛엔 그어떤 동요도 없었다.

마치 고요한 바다처럼 한 점 흔들림도 없는 그녀의 눈빛에오히려 당황한 이는 도발을 한 관산철이었다. 그녀의 눈빛을바라보면 볼수록 이상하게 전신이 위축되는 것 같았기 때문이다.

진무원이 그 모습을 보며 중얼거렸다.

'안광제혼(眼光制魂)인가?'

내공이 융통무애(融通無捱)의 경지에 이르면 눈빛을 통해외부로 자연스럽게 발산된다. 사람의 육신을 상하게 할 수는없지만 자신보다 내공이나 심력이 약한 사람에게는 막대한정신적인 타격을 입힐 수 있었다.

안광제혼을 펼칠 수 있다는 사실만으로도 남수련의 공부가 실로 범상치 않다는 것을 알 수 있었다.

이대로 내버려 두면 관산철은 정신에 큰 타격을 입고 말 것이다. 마치 쥐가 뱀 앞에 서면 오금을 펴지 못하는 것처럼 관산철 역시 남수련 앞에 서면 그렇게 될 것이다.

어떻게 보면 무공 초식으로 제압하는 것보다 훨씬 더 효율적이면서 잔인한 방법이다. 하지만 아무나 펼칠 수 없는 수법이기도 했다.

"크윽!"

심령의 압박에 관산철의 볼이 보기 싫게 푸들거렸다.

그 순간 두 사람 사이에 좌문호가 끼어들었다.

"하하! 두 분의 눈빛이 너무 살벌하구려. 오늘 인사는 이쯤해두고 이따가 다시 보든가 합시다."

"하아!"

좌문호가 남수련을 막아서자 그제야 관산철이 참았던 숨을 토해냈다. 남수련의 눈에 이채가 떠올랐다.

절묘한 시점에 이뤄진 좌문호의 개입이었다. 그 덕에 관산철은 무사할 수 있었고, 그녀의 안광제혼은 수포로 돌아가고 말았다. 그녀의 예상보다 좌문호의 경지가 높다는 것을 의미했다.

좌문호의 시선이 문득 남수련의 근처에 있는 당미려 등에게 향했다. 분명 어제까지 남수련은 혼자였다. 하지만 지금 그녀의 곁에는 일행으로 보이는 사람들이 있었다.

좌문호의 눈이 빛났다. 한눈에 보기에도 범상치 않아 보였기 때문이다.

그는 남수련에게 소개해 달라고 말하려 했다. 하지만 그 순간 남수련이 등을 돌렸다. 결국 말할 순간을 놓친 좌문호는 입맛을 다시며 남수련의 뒷모습만 바라봐야 했다.

문득 좌문호의 시선이 남수련을 따라 걸음을 옮기는 진무원을 향했다. 진무원이 입고 있는 피풍의 사이로 보이는 검이 유독 도드라져 보였다.

"흐음!"

그 역시 검의 극의를 추구하는 검객이다. 단연히 검을 보는 눈이 누구보다 뛰어나다 할 수 있었다. 그는 진무원이 허리에 차고 있는 검이 실로 범상치 않은 물건이라는 사실을 알아봤다.

순간적으로 그의 눈에 탐욕의 빛이 떠올랐다 사라졌다. 그때 옆에 있던 관산철이 분통을 터뜨렸다.

"이런 쌍!"

"조용히 해라."

"하지만 형."

"망신을 자초할 셈이냐? 보는 눈이 많다. 아직 시간은 많고, 망신을 되갚을 기회는 얼마든지 있다."

관산웅이 관산철의 어깨를 두들겼다. 형이라서 그런지 관산웅이 관산철보다 더 이성적이면서 침착했다. 하지만 그의 눈에도 숨길 수 없는 질시의 빛이 담겨 있었다.

칠소천은 강호의 젊은 무인이라면 반드시 넘고 싶은 벽이다. 같은 시대를 살아가는 또래의 무인 중에 압도적인 존재감과 위명을 갖고 있는 자가 있다는 것은 무척이나 심기가 불편한 일이었다.

그때였다.

"씨발! 근육만 컸지 좆밥도 아닌 것들이었구나."

누군가 그렇게 중얼거리며 그들 앞을 지나갔다. 명류산이다.

흑백쌍웅의 얼굴이 일그러졌다. 꼭 자신들한테 하는 이야기 같았기 때문이다. 하지만 딱히 그들을 지칭한 것이 아니었기에 무어라 화를 낼 수도 없었다.

그사이 명류산은 사람들 사이로 사라졌다.

"창룡회라……. 누군지 모르지만 꽤나 위험한 발상을 했군."

남수련에게서 창룡회에 대한 이야기를 들은 당기문의 표정이 딱딱하게 굳어 있다. 그는 처음 듣는 이야기였지만 하진월은 그렇지 않았다.

'서문혜령.'

그에게 치욕을 안겨주었던 유일한 존재.

그녀는 하진월이 창룡회에 들어오길 바랐다. 하지만 하진월은 그녀의 제안을 고민하지도 않고 거절했다.

서문혜령이 원하는 이상과 세상은 그와 맞지 않았다.

하진월은 강호는 있는 그대로 둬야 한다고 생각하는 사람이었다. 순리대로 흘러가게 내버려 두는 것, 그것이야말로 강호의 본모습에 가장 가까웠다.

반면 서문혜령은 아홉 하늘처럼 강력한 통제를 통해 강호의 질서를 규합하고자 했다. 그래서 그녀는 담수천을 선택했고, 그와 함께 창룡회를 출범시켰다.

창룡회가 앞으로 어떤 형태로 발전할지는 모르지만 현 강호에서 가장 잠재력이 강력한 단체 중 하나임은 분명했다. 시간이 흐를수록 그들은 더 강해질 것이다. 담수천이 폐관 수련을 마치고 나오면 그 영향력은 더 거대해질 것이 분명했다.

하진월의 시선이 진무원을 향했다.

진무원은 갑판 위에서 드넓은 강을 바라보고 있었다.

굳게 다문 입술, 깊고 유현한 눈동자, 그리고 특유의 정적인 분위기.

'저놈뿐이다. 창천의 고성에 대항할 수 있는 젊은 무인은 오직 저놈밖에 없다.'

진무원은 그가 유일하게 인정하는 젊은 무인이었다. 그리고 지금 이 순간 그가 믿는 최후의 한 수이기도 했다.

'서문혜령, 네가 창천의 고성에 모든 것을 걸었다면 나 역시 저놈에게 내 모든 것을 걸겠다.'

하진월이 입술을 피가 날 정도로 질근 깨물었다.

차갑게 식었던 피가 다시 뜨겁게 들끓고 있다. 이 열기를 어서 빨리 배출하고 싶었다.

그때였다. 하진월의 시선을 느꼈는지 진무원이 그에게 다가왔다.

"괜찮으십니까?"

"뭐가 말이냐?"

"그냥 생각이 많아 보여서요."

"큭! 원래 내 나이가 되면 생각이 많아지는 법이다."

"그런가요?"

"그렇다. 그보다 네놈, 절대 지지 말거라."

"예?"

진무원이 의아한 표정을 지으며 하진월을 바라보았다. 하진월의 얼굴에는 결의의 담겨 있다.

하진월은 그 이상 이야기하지 않았지만 왠지 알 것 같기도 했다. 아니, 본능적으로 그가 무슨 말을 하는지 알아들었다.

"예."

진무원이 고개를 끄덕였다. 하진월이 그의 어깨에 팔을 걸쳤다.

"긴장을 풀지 마라. 네놈의 걸음마는 이제 겨우 시작이니까."

"알고 있습니다."

"그래, 알고 있으면 됐다."

두 사람은 한동안 말없이 흐르는 강물을 바라보았다. 두 사람의 곁으로 남수련이 다가왔다.

그녀가 두 사람에게 고개를 숙였다.

"죄송해요. 괜히 저 때문에 번거로운 일에 휘말리게 해서."

"원래 미인의 주위에는 파리들이 꼬이게 마련이지. 미안해 할 것 없네. 죄가 있다면 자네가 너무 예쁘다는 것뿐이니."

"예?"

하진월의 능청스러운 말에 남수련이 눈을 동그랗게 떴다. 그러자 하진월이 파안대소를 터뜨렸다.

"하하! 농담이야. 웃으라고 한 이야기야."

"아!"

"어딜 가나 호가호위(狐假虎威)하는 놈들이 있게 마련이지. 괜히 저런 놈들 때문에 심력을 소모할 필요 없어. 강호에 널리고 널린 놈들이 저런 놈들이니까."

"예."

흑백쌍웅 형제에 대한 하진월의 비판은 그야말로 신랄했다. 남수련이 있는 무산파에는 이렇게 거친 언변을 가진 사람이 없었다. 그렇기에 오히려 더 신선하게 느껴졌다. 말투는 거칠지만 가식이 느껴지지 않았기에 더 호감이 가는 것인지도 몰랐다.

남수련의 시선이 이번에는 아무 말 없이 강을 바라보고 있는 진무원을 향했다. 진무원을 바라보는 남수련의 시선은 하진월을 볼 때와는 또 달랐다.

처음엔 그저 평범한 무인인 줄 알았다. 그래서 크게 신경 쓰지 않았다. 하지만 그와 함께하는 시간이 길어질수록 알 수 없는 위화감이 그녀를 엄습하고 있었다.

'이 사람, 평범한 무인이 아니구나.'

그녀는 딱히 칠소천이라는 무명에 연연해하지 않았다. 자신이 원해서 얻은 호칭도 아니고, 무엇보다 무산파의 장문제자라는 이유만으로 그런 자리에 들어가는 것 자체가 실례라고 생각했기 때문이다.

그녀는 수많은 시련을 통해 자신을 단련한 자만이 강호의 정상에 설 수 있다고 생각했다. 그래서 무산파를 나와서 강호를 주유하는 것이었고, 그 결과 수많은 젊은 무인과 교류를 나눌 수 있었다.

대부분의 무인이 그녀의 미모에 혹해 접근해 왔고, 진정으로 무공의 상승에 관심이 있는 자는 극히 드물었다. 그래도 그들과의 교류는 그녀의 무력을 비약적으로 상승시켰다.

그녀가 상대한 무인들에게는 몇 가지 공통점이 존재했다. 동경과 질시의 눈빛, 그리고 기이한 열기가 그것이다.

좌문호도 그 범주에서 벗어나지 못했고, 흑백쌍웅 형제도 마찬가지다. 그래서 그녀는 그들을 두려워하지 않았다. 승패를 섣불리 장담할 수는 없지만 그렇다고 자신이 진다는 생각은 들지 않았다. 하지만 진무원은 달랐다.

'이 사람, 도저히 가늠할 수가 없어.'

아무리 기감을 끌어 올려도 상대의 내력 수준을 가늠할 수 없었다. 마치 칠흑의 장막을 두른 것처럼 보이는 모든 것이 막막하기만 했다.

자신이 읽을 수 없는 상대가 눈앞에 있다는 사실이 거북함으로 다가왔다.

그녀의 기저 아래 가라앉아 있던 투쟁심이 서서히 고개를 쳐들었다. 그녀에게 이런 투쟁심을 불러일으킨 존재는 진무원이 처음이었다.

갑자기 진무원이 고개를 돌려 남수련을 바라보았다. 그녀의 투지가 그의 전방위 감각에 걸려들었기 때문이다.

한동안 두 사람은 말없이 서로를 바라보았다. 그리고 하진월이 곁에서 그 모습을 흥미진진한 표정으로 바라보고 있다.

먼저 입을 연 이는 남수련이었다.

"언제고 진 소협에게 꼭 가르침을 청하고 싶군요."

"저야말로."

"그럼……."

무언(無言)의, 무인(武人) 간의 약속이다.

그것으로 두 사람의 대화는 끝이 났고, 잔뜩 기대를 하고 있던 하진월은 싱겁다는 표정을 지었다.

그때였다. 갑자기 누군가 불쑥 끼어들었다.

"나도 가르침을 주면 안 될까?"

갑자기 끼어든 불청객은 명류산이었다.

진무원을 바라보는 그의 눈빛엔 질투의 빛이 가득했다. 자신이 마음에 두고 있는 남수련과 거리낌 없이 대화를 한단 사실 자체가 못마땅한 것이다. 그는 어젯밤의 고통도 잊고 진무원을 노려봤다.

명류산의 객기에 하진월이 너털웃음을 터뜨렸다.

"허! 하룻강아지 범 무서운 줄 모른다더니."

"거, 하룻강아지라니?"

"그럼 천둥벌거숭이라고 할까?"

"에이! 진짜……."

명류산은 하진월의 타박에도 결코 기죽지 않았다. 오히려 불량스러운 표정으로 하진월을 노려보았다. 그런 그의 모습이 어이없었지만 딱히 밉다는 생각도 들지 않았다.

하진월이 고개를 절레절레 흔들면서 진무원에게 말했다.

"저 물건은 네가 알아서 처리하거라."

진무원은 대답 대신 미소를 지었다.

순간 명류산의 등골을 타고 한줄기 소름이 올라왔다. 그리고 기대를 배신하지 않는 진무원의 목소리가 들려왔다.

"확실히 가르쳐 드리죠."

"떠그랄!"

갑자기 멍든 곳이 아려오면서 후회가 밀물처럼 밀려왔다.

*   *   *

우당탕하는 소리와 함께 명류산이 바닥을 나뒹굴었다. 그의 전신은 멍투성이였고, 여기저기 깨지고 찢어져 피가 흐르고 있다.

"크흑!"

명류산은 몇 번이고 일어나려고 버둥거렸지만, 결국엔 포기하고 대자로 널브러지고 말았다.

"아, 악마 같은 놈!"

마지막 말과 함께 명류산은 그대로 혼절했다.

그 모습을 지켜보던 당기문이 혀를 찼다.

"쯧쯧! 그러게 적당히 할 것이지 뭘 그리 악착같이 덤벼드는 건지."

"그래도 제법 오기는 있는 것 같군요. 그리 쳐 맞으면서도 눈빛이 쉽게 꺾이지 않는 것을 보니."

하진월이 처음으로 흥미롭다는 눈빛을 했다.

그는 명류산과 같은 부류를 그리 좋아하지 않았지만, 끈기와 오기 하나만큼은 인정하지 않을 수 없었다.

애당초 상대가 안 되는 싸움이었다. 그런데도 명류산은 끝까지 진무원에게 덤벼들었다. 물론 그 대가는 혹독했다. 전신에 피멍이 든 채 혼절한 것이다.

진무원의 손속에는 사정이 없었다. 그는 명류산의 약점을 사정없이 파고들었다. 개중에는 손만 대도 죽을 수 있는 사혈도 있었다.

아마 죽고 싶을 정도로 통증이 어마어마했을 것이다. 그런데도 명류산은 어떻게든 고통을 참으려 했다.

'딱 한 대만, 정말 딱 한 대만 먹일 수 있다면…….'

애초부터 진무원을 어찌할 수 있다는 생각은 하지 않았다. 불가능한 일이라는 것은 이미 전날 흠뻑 두들겨 맞으며 깨달았다. 하지만 진무원의 얼굴에 딱 한 대만 주먹을 먹일 수 있다면 원이 없을 것 같았다. 그래서 명류산은 그렇게 악착같이 달려들었다.

물론 그 대가는 혹독했지만.

당기문이 명류산의 앞에 쪼그리고 앉아 손가락으로 그의 전신을 쿡쿡 찔렀다. 몇 번을 반복하더니 그가 갑자기 고개를 끄덕였다.

"그래, 이놈으로 결정했다."

"뭘 말입니까?"

"두고 보면 자연 알게 될 것이네."

하진월의 물음에 당기문이 의미심장한 미소를 지었다.

진무원은 혼절한 명류산을 뒤로하고 모닥불가로 돌아왔다. 모닥불 앞에서는 당미려와 남수련이 이런저런 이야기를 하고 있다가 진무원을 반가이 맞아줬다.

"진 소협."

"이제 끝났나 보죠?"

"예, 생각보다 끈질겨서……."

진무원의 대답에 당미려와 남수련이 고개를 끄덕였다.

두 사람 모두 무가의 여인이다. 진무원이 단순히 폭력을 행사하는 게 아니란 사실을 잘 알고 있었다.

명류산에게는 오히려 큰 행운이고 기연이었다. 물론 얻어 맞는 과정에서 자신이 무언가를 얻는다는 가정하에 하는 말이다.

진무원이 근처에 있는 마른 나뭇가지를 모닥불에 집어넣

었다. 그러자 불길이 더 거세게 타올랐다.

지금 그들은 노숙을 하고 있는 중이다. 관도를 따라 말을 몬다고 하지만 항상 인가나 마을이 있는 것은 아니었다. 어떤 곳은 몇 날 며칠을 가도 사람 한 명 보이지 않는 곳도 있었다. 그럴 때면 적당한 곳을 찾아 노숙을 해야 했다.

다행히 그들은 노숙에 이골이 난 강호인이었다. 누구 한 사람 불평하는 사람은 없었다. 아니, 단 한 명 있었다.

바로 명류산이었다.

명류산은 무엇이 그리 마음에 들지 않는지 항상 불만을 입에 달고 살았다. 그리고 진무원에게 바득바득 달려들었다. 아무래도 처음 만난 날 죽도록 얻어터진 앙금이 그대로 가슴에 남아 있는 듯했다.

그럴 때면 진무원은 설화를 들었다. 그리고 명류산은 흠씬 얻어맞다가 결국엔 혼절하는 수순을 밟았다. 그 모습을 며칠이나 지켜보았기에 두 여인 모두 이상하다 생각하지 않았다.

진무원의 얼굴 위로 붉은빛이 일렁이며 짙은 음영을 만들었다. 그 때문인지 진무원의 인상이 한층 더 강해 보였다.

진무원은 말없이 피어오르는 모닥불을 바라보았다. 그런 진무원을 잠시 말없이 바라보던 남수련이 입을 열었다.

"진 소협."

진무원이 말없이 남수련을 바라보았다. 두 사람의 시선이 허공에서 마주쳤다. 잠시 진무원을 바라보던 남수련이 마침내 입을 열었다.

"혹시 마음에 두고 있는 사람이 있나요?"

"……."

"대답해 주셨으면 좋겠어요."

"있습니다."

너무나 담담한 진무원의 대답에 당미려의 눈동자가 흔들렸다. 그에 남수련이 나직이 한숨을 내쉬었다.

"역시 그렇군요."

그녀가 안타까운 시선으로 곁에 있는 당미려를 바라보았다. 지난 며칠 동행하면서 당미려가 진무원에게 마음이 있다는 사실을 눈치챘다. 마음이 있으면서도 아무런 말도 하지 못하는 당미려를 보며 답답해하던 그녀가 결국 진무원에게 먼저 물어본 것이다.

남자라면 당미려와 같은 미인이 마음을 주고 있다는 사실을 모를 리 없을 것이다. 그런데도 진무원은 당미려에게 눈길한 번 주지 않았다. 어쩌다 한 번 먼 곳을 바라보는 그의 눈동자엔 다른 사람이 있는 것 같았다.

남수련이 다시 한 번 물었다.

"혹시 진 소협의 사랑을 받는 운 좋은 여인이 누군지 알 수 있을까요?"

"죄송합니다. 말씀드리기 곤란하군요."

"아니에요. 오히려 제가 죄송해요. 쓸데없는 것을 물어봐서."

남수련이 사과를 해왔다.

한동안 어색한 침묵이 장내를 감돌았다. 세 사람은 각자 다른 상념에 빠져들었다.

명류산이 두 눈을 동그랗게 떴다.

"에?"

"이걸 복용하란 말이다."

정신을 겨우 차린 그의 눈앞에 당기문이 웬 자기병을 내밀었다.

"이게 뭡니까?"

"독이다."

"독?"

명류산이 기겁하며 뒤로 물러났다.

"내가 독을 왜 먹습니까? 거, 미친 거 아니요?"

"강해지고 싶지 않느냐?"

"미친! 독을 먹고 어떻게 강해진단 말이오? 뒈지지나 않으면 운이 좋은 거지."

"내가 만든 독은 특별하다."

"아! 됐소. 안 먹을 거요. 절대로!"

"그럼 매일 무원에게 얻어터질 거야? 삼류무인으로 그렇게 이름 없이 살다 갈 셈이야?"

순간 명류산의 눈동자가 흔들렸다. 당기문은 그의 변화를 놓치지 않았다.

"난 당문의 만독각주다. 당연히 내가 만든 독 역시 특별할 수밖에 없지."

"당문?"

명류산의 목소리가 흔들렸다.

아무리 무식한 명류산이라도 당문을 모를 수는 없었다. 특히 그는 당문이 있는 사천성 출신이다. 오히려 타지인보다 당문에 대해 더 잘 안다고 할 수 있었다.

"저, 정말 만독각주님 맞습니까?"

명류산의 목소리가 절로 떨려 나왔다.

그는 당기문의 주머니를 털려고 했다. 하룻강아지가 뭣도 모르고 사신의 코털을 건드린 셈이다. 그제야 그는 자신이 얼마나 운이 좋았는지 깨달았다.

"천하의 누가 감히 당문을 사칭할까? 나는 당문의 만독각주가 분명하다."

당기문의 음성엔 확고한 신념과 자부심이 담겨 있었다. 명류산도 본능적으로 그의 말이 사실이라는 것을 깨달았다.

"그런데 왜 저에게 독을……?"

"너는 독을 어떻게 생각하느냐?"

당기문의 물음에 명류산이 속으로 욕을 했다.

'그걸 질문이라고 하냐, 미친 인간아? 독은 독이지.'

그러나 자신의 생각을 그대로 말할 수는 없었다. 그는 최대한 에둘러 대답했다.

"그러니까, 독은 무서운 거지요. 먹으면 죽고, 자칫하면 시신 한 조각 남길 수도 없으니까."

"그래, 그 말이 맞다. 독은 무섭다. 잘못 복용하면 반드시 죽게 되지. 하나 독이 약이 될 수도 있다."

"에이! 말이 되는 소리를 하십쇼. 독이 어떻게 약이 됩니까?"

"그게 네놈처럼 무식한 놈들의 생각이다. 흔히 사람들은 당문을 독만 잘 다루는 곳으로 생각하지만, 기실 천하제일의 의가라 할 수 있는 곳이 바로 당문이다."

독을 연구하는 과정은 죽음에 대한 탐구나 다름없었다. 독이 인체를 붕괴시키는 과정을 연구하면서 반대로 잘만 쓰면 인체를 회복시킬 수 있다는 사실을 깨닫게 되었다.

이른바 활독(活毒)이 그것이다.

당문에서도 활독에 대한 연구를 했는데 그중 가장 깊이 있는 지식의 소유자가 바로 당기문이었다. 당기문은 단순한 활

독을 넘어서 독으로 인체를 강화시키는 방법을 연구했다.

'상생의 독을 사용하면 인간은 반드시 강해질 수 있다.'

적어도 그의 이론은 완벽했다. 만반의 준비도 끝났다. 하지만 누구도 그의 연구에 자원하는 이가 없었다.

원래부터 독이라는 단어 자체가 사람들이 본능적으로 거부감을 나타내는 혐오의 영역이다. 당문의 문주인 당관호처럼 아예 독문의 특별한 심공(心功)을 익힌 채 독기를 받아들이지 않는 이상 독으로 강해진다는 것은 불가능하다고 생각했다.

당기문은 그런 세인의 평가를 바꾸고 싶었다. 그의 연구만 성공한다면 당문의 전력은 비약적으로 올라갈 것이다.

명류산은 최적의 조건을 가지고 있었다. 독기와 끈기는 물론이고 육체적인 능력도 최정상이다. 부족한 것은 그의 독으로 채워주면 될 것이다.

'이 기회를 놓칠 수는 없지.'

그의 눈빛을 받은 명류산은 자신도 모르게 몸을 떨었다.

독에 대해 거부감이 들었다. 하지만 자신도 모르게 끌리는 것도 사실이다.

'그 새끼한테 한 방만 먹일 수 있다면……'

진무원을 떠올리자 갑자기 분노가 들끓어 올랐다.

정상적인 방법으로는 죽었다 깨어나도 어쩔 수 없단 사실을 알고 있다. 이미 죽지 않을 만큼 얻어터진 것이 그 사실을 증명했다.

"정말 독을 먹어도 이상이 없는 거지요?"

"아무렴!"

"정말이지요?"

"내가 당문의 만독각주일세. 그래도 못 믿겠는가? 단숨에 강해질 수는 없겠지만, 내가 하라는 대로 꾸준히 독을 복용하면 자네는 백독(百毒), 아니, 천독(千毒)이 불침하는 육신을 얻게 될 걸세. 그리고 어느 순간을 넘어서면 일류고수 부럽지 않은 막강한 내공을 얻게 될 걸세. 내가 장담하지."

당문의 만독각주가 장담하는 일이다. 그와 같은 삼류무인이 언제 당문의 만독각주를 볼 수 있을까? 하지만 그래도 선뜻 결정할 수가 없었다. 생각보다 독에 대한 거부감이 강한 까닭이다.

잠시 갈등하던 그는 우연히 모닥불 가를 바라보았다. 진무원의 앞에 남수련과 당미려가 앉아 있다. 각자 상념에 잠긴 그들의 모습이 명류산에게는 정분을 나누고 있는 것처럼 보였다.

불빛에 비친 남수련의 얼굴이 유독 아름다워 보였다.

순간적으로 그의 눈에 질투의 빛이 떠올랐다.

'씨발! 사내라면 저 정도는 뽀대 나게 살아야지.'

마침내 그가 결정을 내렸다.

"조, 좋습니다."

"그래, 잘 결정했네. 결코 후회하지 않을 걸세."

당기문이 명류산의 어깨를 두들기며 웃었다. 그의 웃음소리가 밤하늘에 울려 퍼졌다.

'그래, 강해지는 거야! 강자가 되어서 나도 떵떵거리며 사는 거야!'

명류산이 이를 악물었다.

당기문이 그런 명류산에게 예의 자기병을 내밀었다.

"마시게."

"예? 벌써요?"

"쇠뿔도 단숨에 빼라고 했네. 하물며 자네는 사내대장부가 아닌가?"

"그, 그렇지요."

"어서 마시게. 망설이지 말고."

당기문이 명류산의 손에 자기병을 쥐어줬다.

잠시 망설이던 명류산이 눈을 딱 감고 자기병 안에 든 액체를 꿀꺽 마셨다.

마치 독주를 마신 것처럼 식도가 화끈해졌다.

당기문이 흥미진진한 표정으로 명류산을 바라봤다.

"그래, 느낌이 어떤가?"

"그게 별로…… 끄아악!"

갑자기 명류산이 배를 부여잡고 바닥을 나뒹굴었다. 마치 날카로운 비수로 복부를 난도질하는 것 같은 극통이 느껴지면서 숨도 제대로 쉴 수 없었다.

"끄아아!"

바닥을 나뒹굴면서 명류산은 당기문을 저주했다. 당기문이 그런 명류산을 보며 웃었다.

"고통 없이 어찌 강해지겠느냐?"

＊   ＊   ＊

명류산의 전신에 은침이 빼곡히 꽂혀 있다. 그가 혼절하자 당기문이 은침을 이용한 대법을 펼친 것이다.

당기문은 조심스럽게 명류산의 몸에 꽂아놓은 은침들을 회수하기 시작했다. 그는 마지막으로 명류산의 백회혈에 꽂혀 있는 은침을 회수했다.

그러자 명류산의 눈가가 파르르 떨리더니 번쩍 눈을 떴다.

명류산은 잠시 영문을 알지 못해 눈만 끔뻑거렸다. 그러다가 통증이 사라지고 숨을 쉴 만하자 고래고래 소리를 지르며 당기문에게 달려들었다.

"이 미친 인간아!"

"그래, 어떤가?"

"어때? 이 미친……."

명류산은 금방이라도 주먹을 날릴 듯 몸을 부르르 떨었다.

그의 볼 살은 홀쭉 들어가 있고 눈빛은 퀭하게 죽어 있다. 그 잠깐 사이 명류산은 지옥을 노닐다 온 것 같았다. 인간으로서는 도저히 견디기 힘든 그런 고통이었다.

"오늘은 처음이니 소량의 독만 사용했네. 앞으로 독의 양을 조금씩 늘릴 걸세."

"안 해! 나 그딴 독 복용 안 해!"

명류산이 치를 떨었다. 정말 지옥 문턱에 발을 들인다는 게 어떤 느낌인지 확실히 알게 되었다. 아무리 무공이 강해진다고 하더라도 두 번 다시 그런 경험은 하고 싶지 않았다.

그 순간 당기문이 미소를 지었고, 명류산은 불길한 기운을 느꼈다.

"자네가 복용한 그 독은 말일세, 일단 한번 복용하면 계속 복용해야 한다네."

"무슨?"

"다음 복용한 독이 첫 번째 독을 억누르고, 그다음 복용한 독이 두 번째 독을 억누르네."

"말도 안 되는……."

"걱정하지 말게. 내 이미 만반의 준비를 해놓았다네. 자네가 독을 복용하는 것을 중단하는 사태는 절대 일어나지 않을 걸세."

"그, 그럼 언제까지……?"

"당연히 독으로 내력을 완성할 때까지지."

"아, 악마! 이놈도 악마고 저놈도 악마고, 다 악마야!"

밤하늘에 명류산의 절규가 울려 퍼졌다.

*　　　*　　　*

귀주성 북단에는 일반인의 출입이 엄금된 금지가 존재했다.

백요산(百妖山).

천하에서 손꼽히는 청부자객들의 단체인 묵령문(墨靈門)이 자리를 잡고 있는 곳이다.

백 년 전 백요산에 자리를 잡은 묵령문은 청부 살인을 통해 세를 확장해 왔다. 묵령문의 자객 수나 문주에 대해서는 알려진 것이 거의 없었다.

중요한 것은 묵령문에 의뢰를 넣으면 반드시 실행을 완수한다는 것이고, 수많은 이가 묵령문의 자객들에 의해 죽임을 당했다는 것이다.

보다 못한 귀주성의 정도 문파 몇몇이 묵령문을 토벌하려

했지만, 험준한 백요산의 산세를 이용한 자객들의 반격에 오히려 막대한 피해만 입은 채 지리멸렬하고 말았다.

그렇게 묵령문은 지난 백 년 동안 굳건한 아성을 구축한 채 수많은 살행을 해왔다. 최소한 귀주성에서만큼은 그 누구도 감히 묵령문에 도전할 생각을 하지 못했다.

풍화교(風華橋).

백요산 깊은 계곡 사이에 위치한 나무다리다. 바람이라도 불면 위태하게 흔들리는 풍화교야말로 묵령문의 상징이었다. 허락 없인 누구도 이곳을 지나갈 수 없었다. 오로지 천금을 들고 온 의뢰자만이 지나갈 수 있는 곳이 바로 풍화교였다.

콰우우!

고요와 적막만이 감돌던 풍화교에 한바탕 혈풍이 몰아치고 있다. 평소 풍화교를 지키던 수십 명의 자객이 한 남자를 향해 일제히 공격하고 있었다.

자객들의 합공을 받는 남자의 행색은 기괴하기 짝이 없었다. 등에는 커다란 봉(棒)과 곤(棍)을 교차로 메고 있고, 허리에는 무식해 보이는 낭아도와 월곡도(月曲刀)를 차고 있다. 뒤춤에는 둥글게 말린 채찍이 보이고, 종아리에는 용도를 짐작할 수 없는 기형 병기가 매어져 있다.

칠 척의 거구에 수많은 무기를 고슴도치처럼 달고 있는 남자는 자객들의 합공을 상대로 막강한 무력을 자랑했다. 천하에 수많은 무인이 존재하지만 이토록 기괴한 행색의 무인은 단 한 명밖에 없었다.

광투귀(狂鬪鬼) 현공휘.

칠소천의 일원이자 천하에서 가장 다양한 무기를 다룰 줄 아는 극강의 무인이다.

현공휘의 사문을 아는 자는 거의 없었다. 아울러 신분 내력 또한 알려진 것이 없었다.

모든 것이 비밀에 가려진 남자가 바로 현공휘였다. 하지만 그의 막강한 무력과 불같은 성격만큼은 천하인이 모두 알고 있을 정도로 유명했다.

오죽하면 그의 별호가 광투귀일까.

싸움에 미친 귀신, 그래서 모두가 꺼리는 무인이 바로 현공휘였다.

현공휘는 등 뒤에서 커다란 곤을 꺼내 들었다. 어른 허벅지보다도 굵은 곤의 표면에는 쇠 가시가 잔뜩 돋아나 있다.

"크흐흐!"

현공휘는 광소를 흘리며 곤을 휘둘렀다.

퍼억!

그의 곤에 격타당한 자객의 머리가 수박처럼 깨져 나가며 허공에 뇌수와 붉은 핏물이 흩날렸다.

현공휘는 마치 폭풍 같았다. 그가 휘두르는 곤에 자객들이
피떡이 되어 사방으로 튕겨 나갔다.

 살아남은 자객들이 이를 악물고 암기를 날리자, 현공휘는
곤 대신 채찍을 꺼내 들었다.

 휘류류!

 현공휘 앞에 채찍이 현란하게 움직이며 거대한 벽을 만들
었다. 자객들이 날린 암기는 채찍의 벽을 통과하지 못하고 모
조리 붙잡히고 말았다.

 현공휘가 채찍을 크게 휘둘렀다. 그러자 암기들이 다시 자
객들에게 되돌아갔다.

 퍼버버벅!

 몇 배의 힘으로 돌아온 암기에 자객들의 몸이 고슴도치가
되어 무너져 내렸다. 그렇게 순식간에 수십 명의 자객이 고혼
이 되어 계곡으로 추락했다.

 비명도 그 어떤 소리도 없었다. 자객들은 죽는 그 순간까지
도 신음성 하나 내지 않았다.

 현공휘는 풍화교를 건넜다. 피에 절은 발자국이 그의 뒤를
조용히 따랐다. 풍화교를 건너는 현공휘의 눈이 살기로 번들
거렸다.

 현공휘가 풍화교를 건너자 범상치 않은 기도를 풍기는 남
자가 그의 앞을 가로막았다.

머리부터 발끝까지 검은 무복을 입은 사내. 보이는 것이라 곤 복면 사이로 드러난 두 눈뿐이다. 사내의 눈에서는 칼날 같은 살기가 줄기줄기 뻗어 나오고 있었다.

그가 현공휘를 노려보며 입을 열었다.

"웬 놈이냐? 감히 묵령문의 영역에서 난동을 피우다니, 후 환이 두렵거든 스스로 정체를 밝히거라."

"내 이름은 현공휘야."

"현공휘? 설마 광투귀라는 그 애송이냐?"

"그 애송이가 나야."

현공휘가 씨익 웃었다.

복면 안에 숨겨진 남자의 얼굴에 당혹스러운 빛이 떠올랐다.

애송이라 폄하했지만 현공휘는 그렇게 녹록한 상대가 아 니었다. 무엇보다 상대는 강호의 최고 기재인 칠소천의 일원 이다. 칠소천의 무력이 강호의 여느 초절정고수들에게 뒤지 지 않는다는 것은 주지의 사실이다.

"당신이 왜 이곳에?"

"당신들이 불렀잖아."

"우리가?"

남자의 얼굴에 의혹의 빛이 떠올랐다.

그는 묵령문의 문주인 임한궁이었다. 묵령문의 모든 청부 는 그가 받고 행할 것을 결정한다. 당연히 묵령문의 모든 행사에 대해 모를 수가 없었다. 묵령문에서 현공휘를 불렀다면 당연히 그도 알아야 했다.

임한궁의 의혹을 풀어주기라도 하듯 현공휘가 말을 이었다.

"제영산!"

"제영산?"

임한궁이 잠시 그 이름을 음미하다가 흠칫했다. 며칠 전 들어온 의뢰가 생각났기 때문이다.

'금 천 냥짜리 의뢰였지.'

의뢰자는 확실한 처리를 원했고, 묵령문에서는 자객 일곱 명을 파견해 제영산의 숨통을 끊었다. 제영산 자체가 천애고 아였기에 후환은 걱정할 필요가 없었다.

현공휘가 허리에 차고 있던 낭아도의 손잡이를 잡았다.

"영산은 내 친구였다. 이제 내가 왜 너희를 찾아왔는지 알 겠지?"

"그런?"

현공휘가 가공할 살기를 흘리며 임한궁에게 다가왔다.

'제길, 천애고아인 줄 알았는데 설마 저 싸움에 미친 귀신 과 친우였다니.'

한번 결정하면 결코 철회하지 않고, 폭급하기로는 천하에서 둘째가라면 서러워하는 남자가 바로 현공휘다. 그런 현공휘의 성향을 잘 알고 있기에 임한궁은 당황하지 않을 수 없었다.

자신이 어떤 말을 하더라도 현공휘는 절대 들으려 하지 않을 것이다. 현공휘가 흘리는 살기가 그 사실을 증명해 주고 있다.

'젠장! 제영산에 대해 더 조사했어야 하는데.'

하지만 이미 엎질러진 물이다. 후회를 하는 대신 수습해야 했다.

스슥!

그가 손을 들자 등 뒤로 수십 명의 자객이 나타났다. 묵령문의 특급 자객들이다.

현공휘의 명성이 버거웠지만 그렇다고 물러설 수도 없었다. 강호는 비정해서 비겁자나 패배자에게 그 어떤 동정도 보내지 않는다.

"놈을 제거하거라."

그의 명령이 떨어지자 자객들이 일제히 현공휘를 향해 달려들었다.

쐐애액!

자객의 손에 들린 기형 단검이 허공을 갈랐다.

순간 현공휘의 몸이 일렁이는가 싶더니 반투명한 막이 나타났다.

"호신강기?"

임한궁의 얼굴에 믿을 수 없다는 빛이 떠올랐다. 현공휘의 나이 이제 겨우 이십 대 후반이다. 그 나이에 호신강기를 사용할 수 있다는 사실 자체가 사기나 마찬가지다.

카캉!

자객들의 단검이 호신강기에 막혀 힘없이 튕겨 나갔다. 그자리를 현공휘의 낭아도가 훑고 지나갔다.

후두둑!

허공에 핏줄기가 흩날렸다.

순식간에 서너 명의 자객이 고꾸라졌다. 그 위를 다른 자객들이 내달렸다.

쉬가각!

암기를 날리고 검기를 흩뿌렸다. 공기가 발기발기 찢어지면서 비명을 질렀다. 그러나 자객들의 총공세에도 현공휘는 눈 하나 깜빡이지 않고 살육을 자행했다.

그는 호신강기로 전신을 보호하고 곤과 봉, 낭아도와 채찍을 번갈아가며 사용해 살육을 벌였다. 바닥에 피가 흥건히 고이고 조각난 시신의 육편이 굴러다녔다.

순식간에 자객 중 절반이 현공휘의 손에 목숨을 잃었다.

"놈!"

보다 못한 임한궁이 그들의 싸움에 끼어들었다. 더 이상 자객들을 잃었다간 묵령문의 존속 자체가 불가능해지기 때문이다.

임한궁이 독문절기인 대교십자검(大巧十字劍)을 펼치며 공격해 들어갔다. 허공에 그의 검영(劍影)이 가득 찼다.

수십 줄기의 검기가 현공휘를 향해 비처럼 쏟아졌다. 그 순간을 놓치지 않고 자객들이 쇄도했다. 임한궁은 이 한 수로 현공휘에게 치명상을 입힐 수 있을 거라고 자신했다.

그만큼 완벽한 공격이었다. 현공휘가 피할 공간은 어디에도 없어 보였다.

그 순간 현공휘가 가지고 있던 모든 무기가 폭발이라도 하듯 사방으로 튕겨 나갔다.

곤과 봉, 낭아도와 월곡도가 공기를 가르고, 검은 채찍이 독이 오른 독사의 머리처럼 고개를 쳐들었다.

콰아앙!

굉음이 백요산 정상에 울려 퍼졌다.

주르륵!

피투성이가 된 현공휘가 풍화교를 건넜다. 여기저기 깨지고 베여 피가 흐르고 있었지만 현공휘의 두 눈만큼은 여전히 살기로 번들거리고 있었다.

풍화교 건너편에 있는 묵령문이 불타오르고 있다. 자객들을 모조리 죽인 것으로도 분이 안 풀린 현공휘가 불을 지른 것이다.

묵령문의 모든 것이 재가 되어 사라지고 있었지만, 현공휘는 아직도 분이 풀리지 않았는지 연신 콧김을 뿜어내고 있었다.

문득 그가 걸음을 멈췄다.

그의 앞을 가로막고 있는 세 남자 때문이다. 현공휘의 눈빛이 험악해졌다.

"네놈들은 누구냐?"

여차하면 공격할 기세에 선두에 서 있는 남자가 급히 입을 열었다. 백 년 전통의 살문인 묵령문이 어떻게 멸문하는지 똑똑히 지켜봤기에 그의 마음은 급하기만 했다.

"전 좌문호라고 합니다. 현 공자를 뵙기 위해 찾아왔습니다."

"좌문호?"

현공휘의 눈에 이채가 어렸다. 분명 한 번 들어본 이름이었기 때문이다.

"비응검객?"

"예, 그게 접니다."

"그래서, 무슨 일이지?"

"날개를 얻고 싶지 않습니까?"

좌문호의 말에 현공휘가 고개를 갸웃거렸다.

　흔히들 장강을 중원의 젖줄이라고 부른다. 중원을 가로지르며 도도히 흐르는 이 거대한 강은 생명의 원천이며 문명의 발원지기도 했다. 때로는 홍수를 일으켜 하류의 모든 것을 휩쓸어 버리기도 하지만, 수많은 사람이 장강에 의지해 살아가고 있다.

　특히 중원을 동서로 가로지르기에 많은 문물이 장강을 통해 오갔고, 그만큼 많은 사람이 수로를 이용해 이동했다. 거대한 운마도강선과 미곡선, 여객선이 장강을 이용해 엄청난 양의 물자와 사람을 수송했다.

진무원 일행은 장강 위를 운행하는 거대한 운마도강선에 몸을 실었다. 장강 본류를 운행하기 때문에 운마도강선은 진무원이 이제껏 타본 그 어떤 배보다 크고 웅장했다. 또 그만큼 많은 사람을 태우고 있었다.

운마도강선은 장강을 따라 호북성의 성도인 무한까지 운행했다. 무한에서 운중천이 있는 한천까지는 불과 반나절 거리이다. 그러니까 운마도강선만 타고 있으면 운중천의 앞마당까지 힘들이지 않고 도착할 수 있는 것이다.

진무원의 눈빛이 일렁였다.

장강이라는 말만 들었지 일개 강이 이렇게 거대할 줄은 정말 몰랐다. 모르고 배를 탔다면 바다로 알았을지도 모르겠다.

하진월이 그런 진무원을 보며 피식 웃었다.

"놀랐느냐?"

"예."

진무원은 솔직하게 대답했다. 그럴 줄 알았다는 듯이 하진월이 고개를 주억거렸다.

"왜 놀랍지 않겠느냐? 장강을 사이에 두고 중원이 강남과 강북으로 나뉘고, 문화와 삶의 방식, 말투조차 확연하게 달라진다. 장강은 단순한 강이 아니다. 오죽하면 장강을 지배하는 자가 중원을 지배한다는 말이 있겠느냐? 운중천이 장강의 지척에 자리를 잡은 것은 결코 우연이 아니야."

운중천이 지척에 있는 호북성 무한은 중원의 모든 문물이 교차하는 곳이다. 문물의 발달이 여타 성도와 비교할 수 없을 정도로 대단했기에 이곳에 사는 사람들의 자부심도 남달랐다.

운중천은 그런 사람들의 의식에도 남다른 곳으로 각인되어 있었다. 무한과 지척에 있다는 사실만으로도 다른 문파들과 다르다는 차별 점을 갖게 된다는 것이다.

"결국 운중천이 무한 지척에 자리를 잡은 이면에는 고도의 계산과 정치적인 이해득실이 깔려 있는 셈이지."

"그렇군요."

"이제부터 정신 바짝 차려야 할 게다. 이대로 장강을 타고 호북성으로 들어가면 모든 것이 운중천을 중심으로 돌아가게 될 거야. 지나가는 사람, 상점의 상인, 거리에서 빌어먹는 걸인들까지 운중천의 눈과 귀가 될 테니까. 꼬투리를 잡히지 않으려면 사소한 행동 하나까지도 조심해야 할 것이다."

하진월의 음성에서 긴장하는 기색이 느껴졌다. 만사가 태평한 하진월이 이 정도까지 긴장하는 모습은 처음 봤기에 생소하게 느껴졌다. 하지만 그가 느끼는 감정을 이해할 수 있을 것 같았다.

호북성은 적진이나 마찬가지다. 단 한 번의 판단 실수가 치명적인 결과로 이어질 수 있을 정도로 위험한 곳이다. 이제부터는 아무리 조심해도 결코 과하지 않았다.

'운중천.'

그 이름이 거대한 중압감으로 가슴을 짓눌러 왔다. 하지만 진무원은 이내 상념을 날려 버렸다. 어차피 지금부터는 걱정한다고 해결되는 일이 아니었다.

중요한 것은 평상심과 부동심을 유지하는 것이었다. 그 어떤 상황에서도 냉철하게 판단할 수 있게 차가운 이성을 유지하는 것이 관건이었다.

그런 진무원을 보면서 하진월이 미소를 지었다. 그의 예상대로이다. 진무원도 다른 이들처럼 부담감을 느끼고 중압감에 힘들어도 한다. 하지만 그는 다른 그 어떤 이보다 평정심을 회복하는 게 빨랐다.

그것은 굉장히 큰 장점이었다. 하진월은 오히려 진무원의 무력보다 평정심을 더 크게 생각했다.

그그극!

그때 배가 중간 기착지에 도착했는지 접안하는 것이 느껴졌다. 선착장에 선수가 닿으면서 둔중한 소리가 울려 퍼졌다.

배가 정박하자 기다렸다는 듯이 많은 이가 내렸다. 그리고 내린 사람만큼 또 많은 사람이 배에 올라탔다.

진무원과 하진월의 눈에 이채가 어렸다. 배에 새로이 올라탄 사람 중에 그들이 아는 이들도 섞여 있었기 때문이다.

'좌문호, 흑백쌍웅.'

그들은 먼젓번 선착장에서 내렸다. 그 후 모습이 보이지 않기에 아주 떠난 줄 알았는데 그게 아니었던 모양이다. 그들의 뒤를 각종 병장기로 중무장한 정체불명의 무인이 따르고 있다.

진무원의 시선을 느꼈는지 좌문호가 고개를 들어 바라봤다. 두 사람의 시선이 허공에서 마주쳤다.

순간 중무장한 자의 눈동자에 이채가 떠올랐다가 사라졌다. 그는 잠시 동안 진무원을 바라보다가 좌문호를 따라 배 위로 올라왔다.

각종 병기로 중무장한 자는 바로 현공휘였다. 현공휘 특유의 존재감에 배에 있던 사람들이 분분히 길을 비켜줬다.

좌문호의 앞으로 길이 열리고, 그 끝에 남수련과 당미려가 있다. 좌문호가 미소를 지으며 그녀들에게 다가갔다.

"남 소저, 우리 또 만났구려."

"그러네요, 좌 소협."

"이거 보통 인연이 아닌 것 같소만."

"우연이 겹치는 법도 있죠."

"글쎄……."

좌문호가 의미심장하게 웃으며 말끝을 흐렸다. 그의 시선이 남수련의 곁에 있는 당미려에게 향했다.

"우리 저번에도 본 적이 있는 것 같습니다. 전 삼환검문의 좌문호라고 합니다."

좌문호의 소개에 당미려가 곤란한 표정을 지었다. 하지만 상대가 이렇게 정중하게 나오는데 인사를 안 할 수도 없었다.

그녀가 포권을 취했다.

"당문의 당미려라고 해요, 좌 소협."

"사천일화?"

좌문호의 얼굴에 언뜻 놀람의 빛이 떠올랐다.

'어쩐지 범상치 않은 기품을 지녔다 했더니 당문의 꽃이었군.'

당미려라면 창룡회에 들어올 자격이 충분했다.

"저번에는 몰라 봬서 죄송했소이다, 당 소저."

"아니에요."

"저에게 먼젓번의 무례를 사죄할 수 있는 기회를 주시겠소이까?"

"저한테 사죄하실 게 없어요. 그럴 만한 일도 없었으니까요."

담담한 거절이다. 그에 좌문호의 눈에 언뜻 노기가 떠올랐다.

'이년이나 저년이나 사람 무시하는 것은 똑같구나.'

그렇다고 표를 낼 수도 없었다.

어쨌거나 두 사람 모두 강호의 명문을 배경으로 두고 있다. 자칫 그들과 마찰을 일으켰다가는 무산파와 당문을 적으로 돌릴 수도 있었다.

"그럼 혹시 이 배에 다른 당문분도 타고 계시오?"

"숙부님이 타고 계세요."

"숙부?"

"당, 기 자, 문 자를 쓰십니다."

"만독각주?"

좌문호는 이전과는 비할 수 없을 정도로 경악했다.

당문의 만독각주가 지니는 중량감과 위치는 그야말로 엄청난 것이다. 설마하니 남수련 주위에 이런 어마어마한 이들이 포진하고 있을 줄은 미처 예상치 못했다.

"당 대협께서는 어디에 계시오?"

"선실에 계세요."

"안내해 주시겠소?"

"지금 당장은 하시는 일이 있어서 누구도 방해 말라고 하셨어요. 나오시면 좌 소협께서 찾아오셨다고 전해드릴게요."

"알겠소."

당미려의 대답에 좌문호는 한발 물러섰다. 저자세로 돌아선 것이다. 흑백쌍웅은 그런 좌문호를 이해할 수 없다는 표정으로 바라봤다.

'사천성에 처박혀 나오지도 않는 당문이 뭐가 두렵다고 저러는 것이지?'

그들은 천하에 대한 영향력으로 따지자면 창룡회가 뒤질 것이 전혀 없다고 생각했다. 당문이 은둔한 거인이라면 창룡회는 뜨는 태양이었다. 하등 밀릴 것도, 위축될 이유도 없었다.

그때였다. 이제껏 뒤쪽에 말없이 서 있던 현공휘가 어슬렁거리며 앞으로 나왔다.

그의 눈은 마치 먹이를 노리는 맹수처럼 살기로 번들거리고 있었다. 자연스럽게 발산되는 그의 살기에 남수련과 당미려의 표정이 딱딱하게 굳었다.

그가 남수련의 전신을 한 번 훑어보더니 입을 열었다.

"어이, 계집."

"……."

예상하지 못한 현공휘의 거친 말투에 모두가 말을 잃었다. 심지어는 좌문호와 흑백쌍웅 형제까지도.

남수련의 눈가가 파르르 떨렸다.

"지금 저보고 한 말인가요?"

"그래, 너를 보고 한 말이다. 너도 칠소천의 일원이라며?"

"현 공자?"

당황한 좌문호가 현공휘를 불렀다. 그러나 현공휘는 아랑곳하지 않았다.

"난 현공휘라고 한다. 내 이름 정도는 들어봤겠지?"

남수련이 말없이 고개를 끄덕였다.

같이 칠소천에 있는 인물로 의식하지 않을 수 없는 이름이다. 아마 칠소천에 있는 다른 이들도 마찬가지일 것이다.

현공휘의 눈이 광포한 살기로 번들거렸다.

"예전부터 궁금했지. 과연 칠소천으로 불리는 자들이 나와 같은 반열에 설 자격이 있는지."

"광오하군요."

"그럴 만한 자격이 충분히 되니까. 그런데 너도 그럴 만한 자격이 있는지 모르겠군."

"……."

남수련의 눈에 은은한 노기가 떠올랐다. 제아무리 침착한 남수련도 현공휘의 노골적인 도발은 참기 힘들었다.

"예의를 지켜주셨으면 좋겠네요, 현 공자."

"난 존중해 줄 만한 상대에게만 예의를 지켜. 대접받고 싶은가? 그렇다면 스스로를 증명해 봐."

"현 공자!"

"왜, 두렵나?"

남수련이 화를 내려 할 때 불쑥 끼어드는 목소리가 있었다.

"두렵긴 개뿔!"

뜻밖의 목소리에 현공휘가 미간을 찌푸리며 옆을 돌아봤다. 그러자 현공휘보다 더 건들거리는 자세로 서 있는 남자가 보인다. 명류산이었다.

얼굴 가득 시퍼런 멍을 달고 있는 명류산은 눈에 불을 켜고 현공휘를 노려보고 있었다.

"넌 뭐냐?"

"그러는 넌 뭔데?"

명류산의 말투는 현공휘의 불량스러움에 결코 뒤지지 않았다. 그에 현공휘가 어이없다는 표정을 지었다.

광투귀라는 별호를 얻은 이후로 누구도 그에게 이렇게 함부로 말한 자가 없었다.

현공휘는 찬찬히 명류산의 전신을 훑어보았다.

엉성한 자세와 보잘것없는 내공. 한마디로 삼류에도 속하지 못하는 무인이었다.

현공휘의 살기 어린 눈빛에 명류산은 움찔했다. 하지만 그렇다고 물러설 생각은 없었다. 남수련이 지켜보고 있는 상황이기 때문이다.

'씨발! 사내새끼가 쪽팔리게 물러설 수는 없잖아?'

요즘 진무원에게 매일 죽도록 얻어터지고 당기문의 독약을 물처럼 마시다 보니 독기가 한참 오를 대로 오른 명류산이다. 그래서 현공휘의 살기 어린 시선도 견딜 수가 있었다.

"그러니까 넌 뭐냐고? 뭔데 아무 데서나 눈깔에 힘주고 지랄이야?"

"지랄?"

"그래, 지랄!"

순간 퍽 하는 소리와 함께 명류산의 몸이 뒤로 날려갔다. 현공휘가 그의 배에 일격을 날린 것이다. 명류산은 비명도 지르지 못하고 난간에 부딪친 후 기절했다.

"명 소협!"

남수련이 급히 명류산을 불렀지만 아무런 대답도 없었다.

순간 남수련의 얼굴에 분노의 빛이 떠올랐다.

"현 공자, 무공이 약한 자를 상대로 살수를 쓰다니 제정신이 아니군요."

"홍! 주제도 모르고 날뛰는 자에게 따끔하게 교훈을 내린 것뿐이다."

"그럼 저도 현 공자에게 교훈을 내려야겠군요."

"큭!"

순간 현공휘의 코끝에 주름이 잡히며 입꼬리가 치켜 올라갔다. 그가 원하는 대답이었기 때문이다.

"좋다, 계집. 나를 따라와라."

현공휘가 강가로 몸을 날려 순식간에 숲 속으로 사라졌다. 그 뒤를 남수련이 따랐다.

"쯧!"

좌문호가 혀를 찼다.

그의 예상과는 너무나 다른 전개가 펼쳐지고 있었다.

"통제 불가라더니 과연 그렇군."

그렇다고 이대로 현공휘를 방치할 수도 없었다. 어떻게든 일을 잘 수습해서 운중천으로 데려가야 했다.

좌문호가 흑백쌍웅과 함께 현공휘의 뒤를 따랐다.

그들이 모두 떠난 후 진무원은 혼절한 명류산에게 다가갔다. 당미려가 어느새 명류산의 맥을 짚고 있었다. 명류산의 안색은 파리했지만 다행히 숨은 붙어 있었다.

하진월이 그런 명류산을 보며 혀를 찼다.

"그놈 참 오지랖도 넓다. 똥오줌도 못 가리는 것이 온갖 참견을 다 하고 다니니 험한 꼴을 당할 수밖에."

말은 그렇게 했지만 그의 얼굴에도 은은한 분노의 빛이 떠올라 있었다. 현공휘의 잔혹한 손속이 그를 분노하게 만든 것이다.

그가 진무원을 바라보았다.

"이놈은 몸뚱이가 제법 튼튼하니 무사할 게다."

"다행이군요."

"그건 그렇고, 그냥 여기 있을 게냐? 따라간 놈들 꼬라지를 보아하니 가만있을 것 같지 않은데."

"가봐야지요."

진무원이 미소를 지으며 운마도강선 밖으로 걸음을 옮겼다. 그런 그의 눈엔 은은한 분노의 빛이 떠올라 있었다.

당미려가 진무원의 뒷모습을 근심스러운 표정으로 바라봤다.

*　　　*　　　*

남수련과 현공휘가 선착장 근처 갈대밭에서 대치하고 있다. 두 사람의 기세에 바람마저 숨을 죽인 것 같았다.

잠시 남수련을 바라보던 현공휘가 입을 열었다.

"칠소천, 나는 항상 그 호칭이 마음에 들지 않았어. 같은 시대를 살아간다고 실력마저 같지는 않을 텐데 그렇게 한 단어로 뭉뚱그려 몰아넣는다는 사실이."

"저는 이제까지 아무런 생각이 없었는데 다시 생각해 보니 기분이 나쁘군요. 현 공자와 같이 앞뒤 못 가리는 사람과 함께 칠소천이라는 테두리 안에 있다는 사실이."

"큭! 잘됐군. 서로가 마음에 들지 않다니."

현공휘가 큭큭 웃음을 흘렸다. 그의 몸에서는 자연스럽게 정제되지 않은 살기가 흘러나오기 시작했다. 거칠면서도 광포한 살기가 남수련의 신경을 자극했다.

남수련의 눈에 처음으로 긴장의 빛이 떠올랐다. 어찌 됐든 상대는 칠소천의 일원이다. 천하에서 가장 뛰어난 기재 일곱 명 중 한 명인 것이다. 그 수준이 범상할 리 없었다.

현공휘의 살기가 점점 덩치를 불려갔다.

남명신공(南明神功).

지금의 현공휘를 있게 만든 무공이다. 천성적으로 살기가 강한 자만이 익힐 수 있고, 살기를 증폭시켜 상대를 압박하는 공능을 가지고 있다.

숨 막힐 듯한 현공휘의 살기에 남수련이 공력을 끌어 올렸다. 그러자 순식간에 본래의 안색을 되찾았다.

그녀가 검을 잡은 손에 힘을 주었다.

천수여래검(千手如來劍).

신비지문인 무산파의 삼대절공 중 하나로 파사현정(破邪顯正)의 기운을 담고 있다. 무산파의 장문인이나 장문제자만이 익힐 수 있는 지고한 무공이었다.

남수련의 분위기가 일변했다.

이제까지는 조용하면서도 부드러운 분위기였다면 지금 그녀에게서는 시리도록 차가운 기운이 흘러나오고 있었다. 마치 잘 벼려진 명검처럼 청명하면서도 날카로운 그녀의 모습에 현공휘의 안색이 침중해졌다.

'큭! 그래도 아주 허명은 아니란 건가?'

흥분으로 심장이 거세게 뛰기 시작했다. 오랜만에 느껴보는 기분 좋은 떨림이다.

스릉!

남수련이 검을 뽑아 현공휘를 겨눴다. 그러자 칼날 같은 기세가 뻗어 나와 현공휘의 미간을 자극했다.

현공휘는 살기 어린 미소를 지우지 않은 채 낭아도를 뽑았다.

검과 도가 서로를 향했다.

그들은 한동안 움직이지 않고 시선을 교환했다.

단 한 번의 시선 교환이었지만 그 사이로 무수한 정보가 오갔다.

눈빛, 몸짓, 어깨, 호흡을 통해 서로의 의도와 공격의 순간을 가늠했다.

약속이라도 한 것처럼 그들은 동시에 움직였다.

남수련은 처음부터 천수여래검의 절초인 천라섬망(天羅纖網)을 펼쳤다.

슈우우!

그녀의 검이 유성이 되어 현공휘의 미간을 향해 날아갔다. 그녀의 검에 미간이 관통되기 직전 갑자기 현공휘의 신형이 흐릿해지더니 사라졌다. 그가 다시 나타난 곳은 바로 남수련의 후방이었다.

지둔보(地遁步)라는 현공휘의 독문보법이었다. 소림사의 부동명왕보(不動明王步)에 비견될 정도로 순간적인 이동에 특화된 보법이었다.

남수련의 허리가 활처럼 휘면서 후방을 향해 검을 휘둘렀다.

캉!

낭아도와 검이 격돌하며 불꽃이 사방으로 튀고 두 사람의 몸이 크게 흔들렸다.

단 한 수의 교환이었지만 서로의 역량이 어느 정도인지 충분히 가늠할 수 있었다.

현공휘가 광소를 터뜨렸다.

"하하하! 좋구나!"

그는 남수련을 향해 연신 낭아도를 휘둘렀다.

늑대의 이빨처럼 광포하며 거친 공격에 칼바람이 일어났다. 하지만 남수련은 침착하게 그의 공격을 하나하나 분쇄했다.

옷깃을 표표히 흩날리며 검을 움직이는 남수련의 모습은 선녀처럼 고고하면서도 아름다웠다.

그 모습을 보는 관산철의 표정에 균열이 갔다.

"허! 저 계집이 저 정도였다니."

솔직히 칠소천의 일원이라고 했을 때도 우습게 본 것이 사실이다. 아무것도 아닌 계집이 사문을 잘 만나서 칠소천의 반열에 올랐다고 폄하했다. 그러나 현공휘를 상대로 싸우는 남수련의 모습을 보면서 그런 생각을 수정하지 않을 수 없었다.

현공휘는 마치 야수 같았다. 가공할 본능과 고도의 무공이 결합된 그의 움직임엔 군더더기라곤 없었고 사소한 동작 하나까지도 엄청난 위력을 내포하고 있었다.

관산철도 광오한 자였지만 저런 현공휘를 감당할 자신이 없었다. 그런데 남수련은 현공휘를 상대로 전혀 밀리지 않고 있었다.

그 무서운 현공휘와 호각지세라니, 관산철은 감히 상상도 할 수 없는 일이었다.

"제기랄!"

형 관산웅도 주먹을 꽉 쥐었다. 그 역시 동생과 똑같은 굴욕감을 느낀 것이다.

남수련과 현공휘의 대결은 점점 절정으로 치닫고 있었다.

검풍과 도풍이 몰아치고, 잘린 갈대가 서설(瑞雪)처럼 흩날렸다.

현공휘는 낭아도뿐만 아니라 월곡도까지 꺼내 든 상태였다. 그만큼 남수련을 인정하고 있다는 뜻이다. 실제로 남수련은 현공휘도 놀랄 만한 무력을 선보이고 있었다.

그녀의 검은 현란하면서도 집요했다. 현공휘가 조금의 허점이라도 보이면 마치 독사처럼 파고들었다. 그 때문에 현공휘도 남수련을 경시하던 마음을 버린 지 오래였다.

상대는 진짜배기였다.

최선을 다하지 않으면 자칫 그가 당할 수도 있었다. 그래서 더 흥분됐다.

오직 사선(死線)을 넘나들 때만 느낄 수 있는 그 짜릿함.

세상에 존재하는 수많은 규칙과 명제는 모두 사라지고 남은 것은 죽이느냐, 죽임을 당하느냐의 단순한 명제뿐.

현공휘는 그 단순함이 좋았다.

"크하하!"

그는 연신 광소를 터뜨리며 폭풍처럼 남수련을 몰아붙였다. 하지만 그에 대응하는 남수련도 만만치 않았다.

뚜다다당!

마치 천 개의 검으로 벽을 만든 것처럼 그녀의 손이 현란하게 움직였다. 현공휘의 공격은 그녀의 검벽에 막혀 모조리 튕겨 나가거나 빗겨 나갔다.

검과 도가 부딪치고 곤과 봉이 합세했다.

현공휘의 폭풍 같은 연환 공세는 언제까지고 끝없이 이어질 것 같았다. 하지만 남수련은 알고 있었다.

이 공격이 끝나는 순간 진짜가 들이닥친다는 것을.

그 찰나의 순간에 모든 것이 갈릴 것이다.

승부도, 삶과 죽음도.

슈우우!

갑자기 주위의 공기가 현공휘를 향해 빨려들어 가며 기세가 폭발적으로 증가했다. 남수련은 예상한 순간이 도래했음을 직감하고 공력을 최대한 끌어 올렸다.

우웅!

검이 검명과 함께 은은한 붉은빛 기류를 토해냈다. 검무(劍霧)였다. 천수여래검의 절초인 천검낙일(千劍落日)을 펼치기 전 나타나는 현상이다.

그 순간 현공휘가 갑자기 두 손을 번쩍 치켜들었다. 그러자 그가 소유하고 있던 무기들이 일제히 허공으로 떠올라 주위를 맴돌기 시작했다.

콰우우!

잠시 주위를 맴돌던 무기들이 현공휘의 손짓을 따라 남수련을 향해 쇄도해 왔다.

남명신공을 이용한 백병쟁투(百兵爭鬪)의 초식이다. 그가 알고 있는 가장 살기 어린 초식이기도 했다.

번쩍!

천검낙일과 백병쟁투의 초식이 허공에서 격돌하며 빛 무리가 터져 나왔다.

"크윽!"

강렬한 빛 무리에 좌문호와 흑백쌍웅 형제가 순간적으로 시력을 잃고 비틀거렸다. 하지만 세 사람 모두 내공을 익힌 고수답게 바로 시력을 회복하고 전장을 바라보았다.

"양패구상(兩敗俱傷)인가?"

좌문호가 망연히 중얼거렸다.

현공휘와 남수련 모두 피를 흘리고 있다. 현공휘는 옆구리에 구멍이 뚫려 있고, 남수련은 어깨가 피로 물들어 있었다. 누가 봐도 양패구상인 상황이다.

그런데도 남수련과 현공휘는 서로를 노려보며 전의를 불태우고 있었다. 중상을 입었지만 누구 한 사람 물러날 생각이 없는 것이다.

남수련을 바라보는 좌문호의 눈빛이 복잡해졌다.

'저 계집을 그냥 놔두면 필히 척마대의 한자리를 차지하게 될 것이다.'

창룡회는 척마대에 사활을 걸고 있었다. 최대한 많은 인원을 창룡회의 무인들이 차지를 해야 차후의 강호를 이끌어나갈 수 있었다. 그런 중요한 자리를 남수련처럼 창룡회에 반하는 자에게 넘기기에는 너무나 아까웠다.

그의 눈에 순간적으로 살기가 떠올랐다. 그리고 흑백쌍웅이 그런 좌문호의 속내를 눈치챘다. 그들 역시 좌문호와 같은 생각인 것이다.

좌문호처럼 창룡회 내의 기반이 든든한 자라면 모르겠지만, 그들처럼 기반이 약한 자는 남수련 같은 존재 때문에 밀릴 공산이 컸다.

'지금이라면 그리 힘들이지 않고 제거할 수 있다.'

악마의 유혹이다. 남수련에게 눈빛만으로 제압당한 치욕이 되살아났다. 일단 한번 살심이 발동하자 견딜 수가 없었다.

무산파가 걸리기는 하지만 그 정도는 어떻게든 무마할 수 있을 것이다. 비무 중 죽는 일은 다반사였고, 그게 무산파의 제자가 되지 말라는 법은 없으니까.

흑백쌍웅 형제가 살기를 머금고 남수련을 향해 다가갔다. 남수련은 온 신경을 현공휘에게 집중하고 있느라 두 사람의 움직임을 전혀 눈치채지 못하고 있었다.

그때였다. 누군가 흑백쌍웅의 앞을 막아섰다. 적갈색 피풍의를 걸친 남자, 진무원이었다.

낯선 이의 등장에 흑백쌍웅의 인상이 험상궂게 변했다.

"네놈은 누구냐?"

"내가 누군지가 중요한 게 아니라 당신들이 지금 무엇을 하려는지가 중요한 것 같군요."

진무원의 담담한 대답에 두 사람의 얼굴에 순간적으로 부끄러운 빛이 떠올랐다. 진무원에게 속내를 들킨 것 같았기 때문이다. 하지만 그것도 잠시, 부끄러움은 이내 분노로 변했다.

관산웅이 버럭 소리를 쳤다.

"비키지 않겠다면 네놈 또한 무사하지 못할 것이다!"

그러나 진무원은 대답하지 않은 채 그들 뒤에 서 있는 좌문호를 바라보았다. 진무원의 담담한 시선을 정면으로 받는 순간 좌문호는 엄청난 중압감을 느꼈다.

'이자가 누구이기에?'

진무원이 남수련 곁에 있는 것을 본 적이 있다. 하지만 그의 정체에 대해서는 미처 파악하지 못했기에 왠지 꺼림칙했다.

'어떡한다?'

그의 고민은 길게 이어지지 않았다. 흑백쌍웅 형제가 살기를 발산하며 진무원을 향해 걸어가고 있었기 때문이다.

'일단 흑백쌍웅 형제에게 맡기고 지켜보자.'

상대가 누구든 간에 흑백쌍웅 형제가 쉽게 당할 리 없었다. 일단 그들이 대처하는 것을 지켜본 후에 판단해도 늦지 않을 것 같았다.

흑백쌍웅 형제가 진무원의 앞에 섰다. 보통 사람보다 족히 머리 하나가 더 큰 거구가 두 명이나 바라보고 있으면 어떤 압박감이라도 느껴야 할 텐데 진무원의 표정에는 전혀 동요가 없었다.

그런 진무원의 모습이 흑백쌍웅의 화를 더욱 돋웠다. 마치 자신들을 무시하는 것 같았기 때문이다.

관산철이 공력을 끌어 올리며 소리쳤다.

"그 버르장머리 없는 눈빛부터 고쳐주마!"

그의 전신이 순간적으로 검게 물들어갔다.

격포진체공(擊砲眞體功).

천하에 존재하는 수많은 외공 중 열 손가락 안에 드는 괴공(怪功)이다. 격포진체공을 완성하면 피부가 철갑보다 단단하게 변하며 외부의 그 어떤 충격에도 상처를 입지 않게 된다.

단단하기로만 따지면 금강불괴 못지않았다. 무엇보다 격포진체공의 가장 큰 장점은 조문이 존재하지 않는다는 것이다.

일반 외공은 피부와 근육을 단련할수록 어린아이 피부보다 여린 약점이 생겨나게 되는데 이를 조문이라고 부른다. 약간의 힘만으로도 죽을 수 있는 곳이기에 외공을 익힌 자들은 아무리 가까운 친인에게도 조문을 밝히지 않는다.

그런데 흑백쌍웅이 익힌 격포진체공은 특이하게도 이 조문이란 것이 존재하지 않았다. 그야말로 외공을 익힌 자들이라면 누구나 꿈꾸는 궁극의 무공인 셈이다.

흑백쌍웅은 격포진체공을 믿었다. 천하의 그 누구라도 자신들에게 상처를 입힐 수 없을 거라고 자신했다.

"꿇어라! 애송이!"

그들이 진무원을 향해 솥뚜껑 같은 주먹을 휘둘렀다. 그들은 이번 일격에 진무원이 피떡이 되어 쓰러질 거라고 자신했다.

그 순간 그들은 환상을 보았다.

진무원에게서 섬전이 번뜩이더니 그들의 팔뚝에서 피가 치솟아오르고 있다.

"어?"

*   *   *

흑백쌍웅이 커다란 눈을 끔뻑거렸다.

철갑보다 단단한 피부가 길게 베인 채 피가 분수처럼 치솟고 있다. 꽤나 오랜만에 느끼는 상처의 고통에 그들은 잠시 현실을 인지하지 못하고 오랫동안 생각해야 했다.

'이게 무슨……?'

뒤늦게 현실을 깨달은 그들의 얼굴에 불신의 빛이 떠올랐다.

진무원이 들고 있는 설화를 타고 선혈이 방울져 흐르고 있다. 그 모습이 왠지 비현실적으로 보였다.

"네놈, 무슨 사술(邪術)을 쓴 것이냐?"

관산웅이 버럭 소리를 질렀다.

그는 격포진체공이 이렇게 쉽게 무력화될 수 있다는 사실을 받아들일 수 없었다. 그 사실을 받아들이는 순간 지난 수십 년의 적공을 부정하는 것이나 마찬가지이기 때문이다.

진무원은 대답하지 않았다. 그 모습이 흑백쌍웅의 화를 폭발시켰다. 그들은 팔에서 느껴지는 고통 따윈 무시한 채 다시 진무원을 향해 달려들었다.

거구 둘이 달려드는 그 압박감과 위압감이 장난이 아니었다. 마치 거대한 곰 두 마리가 돌진해 오는 것 같았다. 그러나 진무원은 계류보를 펼쳐 그들의 돌격을 옆으로 흘려보냈다.

그 모습을 본 좌문호가 움직이려 했다. 흑백쌍웅 형제만으로는 진무원을 어찌할 수 없단 사실을 직감한 것이다.

움찔!

하지만 그는 움직일 수가 없었다. 진무원의 시선이 비수처럼 그에게 꽂혔기 때문이다.

움직이는 순간 베일 것 같은 그 섬뜩한 느낌, 마치 자신의 속내를 모두 읽고 있는 것 같은 깊은 눈동자에 절로 진저리가 쳐졌다.

안광제혼(眼光制魂).

남수련이 보여준 그 고도의 공부를 진무원이 좌문호를 상대로 펼치고 있었다. 차이가 있다면 진무원은 그 와중에도 흑백쌍웅 형제를 상대하고 있다는 것이다.

'대체 저자가 누구기에?'

움직일 수 없는 강렬한 압박감에 좌문호는 입술을 질겅질겅 깨물었다.

쉬아악!

좌문호에게서 시선을 떼지 않은 채 진무원이 설화를 그었다. 다시 흑백쌍웅의 옆구리에서 피가 치솟아올랐다.

"크윽!"

흑백쌍웅의 얼굴이 고통으로 일그러졌다. 제아무리 다른 이들보다 단단한 피부와 근육을 갖고 있다고 하더라도 고통까지 느끼지 못하는 것은 아니었다.

"으!"

날카롭게 베여 나간 상처에서 느껴지는 전율스러운 통증에 절로 신음성이 흘러나왔다. 그들은 육신의 상처가 이 정도의 통증을 안겨줄 수 있다는 사실을 처음 알았다.

진무원의 가벼운 칼질 몇 번에 무적이라 믿어 의심치 않던 격포진체공으로 단련된 육신이 무너지고 있었다. 마치 물고기 아가미 같은 자상이 곳곳에서 입을 벌렸고, 상처를 통해 선혈이 흘러나왔다.

"네놈은 누구냐?"

관산응의 음성은 절규에 가까웠다.

그의 눈에 비친 진무원은 악마였다. 그에겐 그들의 격포진 체공이 통하지 않았다. 일단 붙잡아야 뭘 하든 할 텐데 그들의 보법으로는 진무원의 계류보를 도저히 따라잡을 수가 없었다.

그들이 발악하는 동안에도 진무원은 가볍게 검을 긋고 있었다.

스가악!

마치 종잇장처럼 살점이 베여 나가며 피가 치솟았다. 설화의 날카로움 앞에서 격포진체공 따윈 아무 소용이 없었다.

'아, 악마!'

치명상을 입힐 수 있음에도 진무원은 그렇지 않았다. 마치 피를 말려 죽이려는 듯 얕은 상처만 만들었다. 하지만 상처가 하나둘씩 늘어나고, 흘리는 피의 양이 많아지면서 머리가 점차 어지러워졌다.

그에 흑백쌍웅이 느끼는 공포는 이루 말로 표현할 수 없을 정도였다. 그들은 사람이 이렇게도 죽을 수 있다는 사실을 처음으로 알게 됐고, 자신들의 육체에 아무렇지 않게 상처를 내는 진무원에게 극도의 두려움을 느꼈다.

진무원이 사용하는 것은 평범한 수법들이었다. 차라리 검기나 검강같이 고도의 공부를 사용했다면 이렇게 두렵지는 않았을 것이다.

"으으!"

그들이 두려움에 치를 떨며 뒤로 비칠비칠 물러섰다. 진무원은 더 이상 그들에게 검을 휘두르지 않고 물끄러미 바라보았다.

좌문호의 눈썹이 꿈틀거렸다.

적갈색의 피풍의, 신기막측한 검공을 사용하는 절체불명의 검객.

왠지 어디선가 한번 들어본 듯했다. 그리고 얼마 지나지 않아 그는 한 무인에 대한 이야기를 떠올릴 수 있었다.

"설마 부, 북검?"

칠소천의 아성을 위협하며 떠오른 강호의 신진무인이었다. 대부분의 사람은 새롭게 떠오른 젊은 검객의 불같은 명성에 박수를 보냈지만, 좌문호는 그의 명성이 과대평가되었다고 믿었다.

명문가 출신이 아닌 검객이 대단해 봐야 얼마나 대단하겠는가? 강호의 대부분의 소문이 침소봉대(針小棒大)되었다는 것을 감안하면 그 역시 과대 포장되었다고 믿는 것이 당연했다.

하지만 지금 이 순간 떠오르는 자는 그밖에 없었다.

"정말 북검인가?"

"……."

진무원은 대답하지 않고 물끄러미 좌문호를 바라보았다. 아무런 대답도 듣지 못했지만, 좌문호는 진무원이 북검이라고 확신했다. 그것은 일종의 예감 같은 것이다.

극도로 기분 나쁜 예감이 마치 예지몽처럼 그의 신경을 불길하게 자극하고 있었다. 마치 날카로운 칼날로 뼈를 사각사각 긁는 듯한 느낌에 절로 진저리가 쳐졌다.

흑백쌍웅 형제는 더 이상 덤빌 엄두를 내지 못했다. 그들은 그저 두려운 시선으로 진무원을 바라볼 뿐이었다.

'강호에 알려진 북검의 전설은 결코 과장된 것이 아니었다. 오히려 그에 대해 제대로 표현하지 못한 것이 분명하다. 이자는 결코 칠소천의 아래가 아니다. 어쩌면……'

부르르!

절로 전신에 전율이 일었다.

진무원의 등 뒤로 남수련과 현공휘가 다시 치열하게 싸우는 모습이 보였다. 진무원의 의도는 명백했다. 그들의 대결에 누구도 개입할 여지를 주지 않겠다는 것이다.

그의 모습이 마치 거대한 벽처럼 높게만 느껴졌다.

좌문호가 진무원을 노려봤다. 눈빛만으로 사람을 천참만륙(千斬萬戮)할 기세였다. 하지만 그를 바라보는 진무원의 눈빛은 너무나 담담해서 과연 방금 전에 그토록 무섭게 흑백쌍웅을 몰아붙인 사람과 동일인물인가 싶을 정도이다.

'이자, 위험하다.'

잠시 진무원을 창룡회로 끌어들일 생각을 해봤다. 하지만 아무리 머릿속으로 상상해 봐도 그림이 그려지지 않았다. 진무원은 그들과 어울리지 않는 자였다.

"창룡회의 행사에 방해를 할 생각인가?"

"담 공자도 이 사실을 알고 있습니까?"

"뭐라?"

"내가 아는 창천의 고성은 당당한 무인, 결코 이런 비겁한 짓을 할 사람이 아닙니다. 다시 한 번 묻겠습니다. 지금 당신들의 행사가 그의 뜻과 일치하는 겁니까?"

"그건……."

허를 찔린 좌문호가 쉽게 대답을 하지 못했다. 그에 진무원의 눈빛이 차가워졌다.

"역시 창천고성과는 아무런 교감 없이 당신 멋대로 이런 짓을 저질렀군요. 과연 그가 이 사실을 알면 어떻게 반응할지 심히 궁금하군요."

"크윽!"

좌문호의 얼굴이 보기 싫게 일그러졌다.

진무원의 말은 비수가 되어 그의 역린을 사정없이 파고들었다. 뭐라 반박하고 싶었지만 그럴 수가 없었다. 말 한마디 잘못하는 순간 진무원의 검이 자신을 겨눌 것 같았기 때문이다.

좌문호는 굴욕감에 주먹을 부르르 떨었다. 하지만 그뿐, 정작 어떤 행동도 하지 못했다. 그건 흑백쌍웅도 마찬가지였다.

쾅!

그 순간 진무원의 뒤쪽에서 굉음이 울려 퍼지며 광풍이 몰아쳤다. 진무원과 좌문호의 옷자락이 불어오는 광풍에 미친 듯이 펄럭였다.

모두의 시선이 굉음의 근원지로 향했다.

그곳에서는 남수련과 현공휘가 각각 한쪽 무릎을 꿇은 채서로를 노려보고 있었다.

남수련의 안색은 종잇장처럼 하얗게 질려 있고, 반대로 현공휘의 얼굴은 붉게 물들어 있었다. 현공휘는 이를 어찌나 꽉 물었는지 볼 살이 푸들거리고 있었다.

"계집!"

감당할 수 없는 굴욕감이 분노로 표출되고 있었다.

둘의 실력은 호각이었다.

마지막까지 아껴둔 절초를 펼치고도 확실히 상대를 제압하지 못했다. 결과적으로 보면 양패구상이었지만, 이 순간 그가 느끼는 굴욕감은 이루 말로 표현할 수 없을 정도였다.

남수련이 서서히 몸을 일으켰다. 하마터면 극통에 비명을 지를 뻔했지만 그녀는 이를 악물고 참았다. 최소한 현공휘에게만큼은 약한 모습은 보이기 싫었다.

현공휘도 마찬가지였다. 그 역시 전신에 힘을 주며 몸을 일으켜 세웠다. 비록 편협하고 제멋대로지만 그 역시 무인이었다. 무인의 자존심만큼은 지키고 싶었다.

그가 남수련을 노려보며 입을 열었다.

"난 아직 끝나지 않았다. 도망갈 생각 따윈 하지 않는 게 좋을 거다, 계집."

"저도 이대로 물러날 생각은 없어요, 현 소협."

몸은 만신창이가 되었지만 그들의 자존심은 아직 죽지 않았다. 더 이상의 싸움은 생명을 위협할 수 있었지만 누구도 물러서려 하지 않았다.

두 사람은 서로를 노려보았다. 하지만 이내 한계에 달했는지 둘이 거의 동시에 눈을 까뒤집으며 혼절했다. 현공휘의 몸이 모래성처럼 무너져 내리고, 남수련도 그대로 바닥으로 쓰러졌다.

진무원이 어느새 다가와 무너지는 남수련의 몸을 부드럽게 안아 들었다. 진무원은 서둘러 그녀의 혈도를 짚어 지혈부터 했다.

기식이 엄엄한 것이 굉장히 위태로워 보였다. 이 지경이 될 때까지 싸웠다는 것 자체가 그녀가 얼마나 강한 정신력의 소유자인지 보여주고 있다.

진무원은 그제야 왜 그녀가 칠소천의 일원이 될 수 있었는지 알 수 있었다. 청초한 겉모습 뒤에 숨겨진 그녀의 본모습은 투쟁심으로 똘똘 뭉쳐 있었다.

'그녀 역시 검에 목숨을 걸고 살아가는 강호인이었군.'

진무원은 남수련을 인정하지 않을 수 없었다.

일단 응급조치를 하긴 했지만 빨리 의원에게 데려가 상처를 치료해야 했다. 다행히 진무원의 주위에는 명의라 할 수 있는 사람이 있었다.

진무원은 남수련을 안고 걸음을 옮겼다.

그의 앞에 있던 좌문호와 흑백쌍웅 형제가 자신도 모르게 길을 비켜섰다.

세 사람은 우두커니 서서 진무원이 멀어지는 모습을 망연히 바라보았다. 그들이 다시 정신을 차렸을 때는 진무원은 이미 사라지고 보이지 않았다.

"크윽! 이런 굴욕이라니……."

뒤늦게 좌문호가 분통을 터뜨렸다. 그가 언제 이런 굴욕을 당해봤을 것인가? 단 한 사람의 기세에 눌려 아무것도 하지 못했단 사실이 그를 더욱 치욕스럽게 만들었다.

"반드시 이 복수를 하고 말겠다. 으드득!"

그가 이 가는 소리가 섬뜩하게 울려 퍼졌다.

흑백쌍웅은 아무런 이야기도 하지 못하고 그런 좌문호의 모습을 지켜봤다. 치욕스럽기는 그들도 마찬가지였다. 하지만 그들은 좌문호처럼 섣불리 분통을 터뜨리지 못했다.

간접적인 기세에 눌린 것과 직접적으로 진무원을 상대해 본 자의 차이였다. 아직도 그들은 진무원이 남긴 공포의 잔향에서 벗어나지 못하고 있었다.

운마도강선으로 돌아온 진무원은 서둘러 남수련을 당기문에게 데려갔다. 남수련의 상처에 놀란 당기문은 서둘러 그녀의 상처를 치료했다.

다행히 진무원이 응급조치를 적절하게 한데다가 당기문의 의술이 더해져 남수련은 위기를 넘길 수 있었다. 당미려는 남수련의 곁에서 한시도 떨어지지 않고 간호했다.

진무원에게 전후 사정을 모두 들은 하진월은 그럴 줄 알았다는 듯 혀를 찼다.

"제아무리 담수천이 좋은 의도로 창룡회를 출범시켰어도 모든 구성원이 담수천과 같은 마음일 수는 없는 법. 더군다나 그는 폐관 수련 때문에 창룡회에 전혀 신경을 쓰지 못하고 있다. 그러니 좌문호와 같은 자들이 나와도 하등 이상할 것이 없다."

진무원이 고개를 끄덕이며 하늘을 바라보았다.

'조만간 그를 만나게 될 것이다.'

그것은 일종의 예감이고 강력한 확신이었다.

*   *   *

보이는 모든 것이 끝없는 황무지를 가로지르는 일단의 무리가 있었다. 짐을 가득 실은 수십 대의 마차와 그들을 호위하는 일단의 무인. 앞쪽에 있는 마차의 지붕 위에는 은마상단(銀馬商團)이라고 적힌 커다란 깃발이 걸려 있다.

은마상단은 천하십대상단 중 하나로 주로 서역과의 교역을 통해 막대한 부를 축적했다. 일단 한번 상행을 나가면 짧게는 서너 달에서 길게는 일 년 이상 걸리기에 그들은 최대한 많은 짐과 인원으로 원행 상단을 구성했다.

얼마나 먼 길을 왔는지 마차의 지붕 위에는 뿌얀 먼지가 두껍게 내려앉아 있고, 말 위에 타고 있는 사람들의 머리와 어깨도 회색으로 물들어 있다.

"후아!"

선두에서 말을 몰던 남자가 얼굴에 두르고 있던 천을 풀었다. 차가운 공기가 폐부 가득 들어오자 남자의 얼굴에 생기가 돌기 시작했다.

이제 삼십 대 중반으로 보이는 그는 수염이 뺨과 턱을 뒤덮고 있었지만 전체적으로 선이 굵은 미남이었다.

　남자의 이름은 유장환. 이번 원행 상단의 총책임자이자 은마상단의 후계자였다. 열다섯 살부터 상행에 참여해 이십 년 이상을 서역을 오가며 청춘을 보냈다.

　사정이 그렇다 보니 은마상단의 실질적인 후계자임에도 불구하고 혼인할 시기를 놓치고 말았다. 그래도 유장환은 후회하지 않았다. 청춘을 모두 바친 대가로 오늘날의 은마상단을 일굴 수 있었기 때문이다.

　저 멀리 푸른 물결이 일렁이고 있다. 나포박호(羅布泊湖)라는 호수였다. 나포박호가 보인다는 것은 그동안 그들을 괴롭히던 사막이 끝났다는 것을 의미했다.

　"내년부터는 장평이를 원행에 보내야겠어. 이젠 몸이 예전 같지 않아."

　"하하! 둘째공자님은 이런 원행에 버티지 못하실 겁니다. 소행수님이나 되니까 이 정도의 원행을 이끌어가는 것이지요."

　곁에 있던 중년의 남자가 웃으며 말했다. 유장환과 함께 수많은 원행을 함께한 은마상단의 호상단주(護商團主) 이등명이었다.

　그들은 서역으로 원행을 다녀오는 길이었다. 근 여덟 달 만의 귀향지로였기에 그들의 눈에는 그리움의 빛이 가득했다.

나포박호에서 중원까지는 그리 멀지 않았다. 피로감이 극에 이르렀지만 며칠만 참으면 그토록 그리워하던 중원 땅을 밟을 수 있기에 그들의 표정은 그 어느 때보다 밝았다.

유장환이 그동안 함께 고생한 호상단을 향해 소리쳤다.

"그간 모두 고생했네! 오늘은 나포박호에서 노숙을 할 터이니 조금만 참게! 중원에 들어가면 내 보상을 톡톡히 하겠네!"

"중원의 계집이 그립습니다!"

"내 청루 하나를 통째로 빌리겠네! 마음에 드는 계집으로 아무나 고르게!"

"와하하!"

유장환의 대답에 호상단의 무인들이 일제히 웃음을 터뜨렸다.

그들은 유장환이 실제로 그러고도 남을 사람이라는 것을 알고 있었다. 이번 원행은 특히 이익을 많이 남긴 만큼 보상도 여느 때보다 많을 것이다. 주머니가 두둑해질 생각을 하니 벌써부터 마음이 든든했다.

은마상단의 본거지는 호북성이었다. 중원에 들어가서도 한 달 가까이 이동해야 하지만, 그래도 이렇게 끝없는 사막을 횡단하는 것만큼 힘들거나 외롭지는 않을 것이다.

은마상단은 중원에 들어올 때면 항상 나포박호에 들렀다. 비록 제대로 된 객잔이 없어 노숙을 해야 하지만 그래도 호수에서 마음껏 씻을 수 있기 때문이다.

오랜만에 마음껏 씻을 생각을 하니 발걸음이 절로 빨라졌다. 그들은 얼마 지나지 않아 나포박호에 도착할 수 있었다.

나포박호는 신강성에서 가장 큰 호수 중 하나였다. 수평선이 가늠되지 않을 만큼 광활한 너비에 풍경 또한 아름다웠지만, 신강성이라는 오지에 위치해 있다 보니 사람들의 발길이 무척 뜸했다.

백여 명의 사람과 수십 대의 마차가 한꺼번에 머물 만한 곳은 나포박호 주변에도 그리 흔치 않았다. 하지만 이미 수차례 이곳에서 노숙을 한 덕에 그들은 적합한 노숙지를 알고 있었다.

"음!"

점찍어두었던 노숙지에 도착한 유장환의 얼굴에 당혹스러운 빛이 떠올랐다. 그곳에 그들보다 먼저 도착한 선객이 있었기 때문이다.

이제 겨우 열대여섯 살 정도로 보이는 소녀가 모닥불을 피워놓고 홀로 앉아 있었다. 유난히 창백해 보이는 하얀 피부, 흑옥같이 선명한 눈동자와 붉은 입술을 가진 소녀가 푸른 기가 감도는 머리칼을 바람에 흩날리며 앉아 있었다.

"아!"

상단의 무인들이 소녀의 신비로운 분위기에 탄성을 흘렸다. 소녀는 단순히 아름다운 정도가 아니라 사람의 가슴을 진탕시키는 몽환적인 분위기를 풍겼다.

은마상단보다 앞서 노숙을 하고 있는 이는 바로 은한설이었다.

은한설은 은마상단에는 눈길도 주지 않고 타오르는 모닥불을 바라보고 있었다. 불빛 때문에 음영이 드리워진 그녀의 얼굴은 더욱 신비로운 아름다움을 자아내고 있었다.

"크흠!"

그녀의 모습을 본 몇몇 무사는 자신도 모르게 헛기침을 했다. 그에 은한설이 고개를 들어 그들을 바라보았다. 은한설과 시선이 맞닿은 사람들은 감히 그녀를 똑바로 바라보지 못했다.

그때 유장환이 앞으로 나섰다.

그가 은한설을 향해 정중하게 포권을 취했다.

"안녕하시오, 소저. 은마상단의 소행수 유장환이라고 하오. 이곳은 우리가 늘 노숙을 하던 곳인데 소저가 먼저 자리를 차지하고 계셨구려. 혹시 폐가 안 된다면 우리도 이곳 한쪽에 자리를 잡고 싶은데 허락해 주시겠소?"

평소의 유장환답지 않게 정중한 음성이다.

은한설은 말없이 그런 유장환을 유심히 바라보았다. 그녀
와 시선이 마주하는 순간 유장환은 왠지 전신이 위축되는 듯
한 느낌을 받고 당혹스러움을 금치 못했다.

'이 소녀의 정체가 대체 뭐기에?'

그 역시 산전수전 다 겪은 강호인이었다. 그만큼 많은 사람
을 만나봤고, 사람을 보는 남다른 식견을 가지고 있다고 자부
했다. 그런 그의 눈에 비친 은한설은 결코 평범한 소녀가 아
니었다.

잠시 유장환을 바라보던 은한설이 말없이 고개를 끄덕였
다. 그제야 유장환은 자신도 모르게 안도의 표정을 지었다.

"고맙소, 소저. 이 보답은 꼭 하겠소."

그는 이어 상단 사람들에게 노숙할 준비를 하도록 지시했
다. 그의 지시에 상단 사람들이 일사불란하게 움직이기 시작
했다.

한해의 절반 이상을 길 위에서 보내는 사람들답게 그들은
순식간에 노숙할 준비를 끝냈다. 곳곳에 모닥불을 피우고 음
식을 만들 솥이 걸렸다. 호수에서 물을 길러와 미리 준비한
식재료와 함께 끓여 순식간에 음식을 만들었다.

유장환은 싣고 온 술 항아리를 풀었다. 중원이 머지않았으
니 그간의 노고를 치하하는 의미에서 간단하게 술자리를 만
든 것이다.

조용하기만 하던 호숫가가 금세 시끌벅적해졌다. 은한설은 자리에 앉아 웃고 떠드는 사람들의 모습을 말없이 지켜보았다.

오랫동안 씻지 못해 초췌한 몰골임에도 불구하고 사람들의 얼굴은 밝았다. 그들은 웃고 떠들며 음식을 나눴다. 사소한 이야기 하나에도 웃음을 터뜨리며 술잔을 나누는 그들의 모습이 은한설에게는 이질적으로 다가왔다.

'저들은 무엇이 그렇게 즐거운 걸까?'

언제부터였을까?

그녀는 외부의 자극에 무뎌져 가는 스스로를 느꼈다.

마치 고립된 섬에 갇힌 것처럼 그녀의 정신은 완벽한 독립체로 완성됐다. 고요하면서도 정지된 그녀의 심상의 세계는 외부의 자극과 완벽하게 분리되어 있었다.

그 때문에 다른 사람들이 즐거워하는 모습을 보더라도 그들이 왜 그렇게 웃는지 이유를 알 수가 없었다. 아니, 머리로는 이해가 되지만 가슴으로는 공감이 되지 않았다.

그때였다.

유장환이 그릇을 들고 은한설에게 다가왔다.

"소저, 이것 좀 들어보시오. 보아하니 아무것도 드시지 않은 것 같은데."

은한설이 물끄러미 바라보자 유장환이 멋쩍은 미소를 지

었다. 그는 이 어린 소녀가 왠지 어렵게 느껴졌다.

그의 손에 들린 것은 상단 사람들이 만든 죽이었다. 보기에는 볼품없지만 그래도 이것저것 들어가서 먹을 만은 했다. 남자들만 있는 상단 사람들이야 그러려니 하지만 어린 소녀에게 주려니 조금은 미안하기도 했다.

"잘 먹을게요."

은한설이 처음으로 입을 열었다.

유장환은 그런 은한설의 목소리가 상당히 듣기 좋다고 생각했다. 은쟁반에 옥구슬 굴러가는 듯한 청량한 목소리는 아니지만 그윽하면서도 촉촉한 느낌이 강한 목소리였다.

은한설은 유장환에게서 죽이 담긴 그릇을 받아 들었다. 그녀는 잠시 죽 냄새를 음미하더니 수저를 뜨기 시작했다.

유장환은 근처에 앉아서 은한설이 죽을 먹는 모습을 조용히 지켜보았다. 문득 신기하단 생각이 들었다.

'이 소녀는 대체 어디서 온 거지?'

근처 수백 리 안에는 인가 한 채 없는 곳이다. 사막과 인접한 광야에는 늑대를 비롯한 야생 짐승들이 심심치 않게 돌아다니고 있다. 어린 소녀가 혼자서 돌아다닐 만한 환경이 아니었다.

'혹시 다른 일행이 있는 건가?'

그러나 주위를 둘러봐도 일행은커녕 그 어떤 인기척도 느꺼지지 않았다. 그러니까 은한설은 혼자서 이곳까지 왔다는 말이 된다.

'그게 가능한 일인가?'

문득 그녀의 정체에 대해 의구심이 들었다.

그는 오랜 상행 경험을 통해 강호에서 가장 조심해야 할 부류가 이렇게 안개에 가려진 듯 모든 것이 모호한 사람이란 것을 알고 있었다.

그가 조심스럽게 물었다.

"혹시 다른 일행이라도 있소?"

그에 은한설이 조용히 고개를 저었다.

"그럼 혹시 어디로 가는 길인지 말해주실 수 있겠소이까?"

"중원."

유장환의 눈이 반짝였다.

"중원 어디까지 가시는 것이오?"

"호북성."

"허! 그럼 우리 상단과 목적지가 같구려."

유장환의 대답에 은한설이 식사를 멈추고 고개를 들었다.

"그쪽도 호북성으로 가는 길인가요?"

"그렇소. 호북성 무한에 본 상단의 장원이 있소이다. 서역에 상행을 갔다가 돌아가는 길이니 근 여덟 달 만에 다시 호북성으로 돌아가는 길이라오."

오랫동안 서역에 있었기에 그는 중원의 정세에 어두웠다. 그 때문에 천하가 어떻게 돌아가고 있는지 제대로 알지 못했다.

"여자 혼자 몸으로 중원을 횡단하려면 적잖이 불편할 거요. 혹시 실례가 되지 않는다면 우리와 함께 가는 것이 어떻겠소?"

"왜 내게 그런 호의를 베푸는 거죠?"

"내 막냇동생도 아마 소저 나이쯤 될 거요. 집에 두고 온 막냇동생이 떠올라서 그렇소."

은한설이 유장환을 빤히 바라보았다. 그녀의 시선에 유장환이 헛기침을 했다.

"막냇동생이라……."

은한설이 나지막이 중얼거렸다.

유장환에겐 은한설이 겨우 열다섯 살 소녀로 보이겠지만 그녀는 그보다 훨씬 더 많은 시간을 살아왔다. 하지만 그녀는 굳이 그런 사실을 말하지 않았다.

은한설이 고개를 끄덕였다.

"그럼 신세를 좀 지겠어요."

"그럼 내일 같이 출발합시다."

"고마워요."

"한 가지만 물어봐도 되겠소?"

"말씀하세요."

"혹시 중원에는 무슨 일 때문에 가는 것인지 알 수 없겠소?"

"……."

"곤란하면 대답하지 않아도 되오. 순전히 내 궁금증 때문에 그러는 거니까."

은한설의 시선이 어둠이 내려앉은 호수를 향했다. 수면에 비친 달빛이 그 어느 때보다 아름답게 빛나고 있다. 그 속에 누군가의 모습이 비치고 있다.

오직 그녀의 마음속에만 존재하는 그 사람의 얼굴이.

그녀가 붉은 입술을 열었다.

"만나야 할 사람이 있어요."

그녀의 목소리가 바람을 타고 호수 위에 울려 퍼졌다.

유장환은 그녀의 분위기에 압도당해 아무런 말도 할 수 없었다.

"반드시 만나야 할 사람이……."

6장

과거의 악몽은 다시 반복되게 마련이다

　소무상은 오랜만에 청화객잔을 나섰다. 번화가 너머 운중천의 거대한 모습이 눈에 들어왔다. 소무상은 운중천을 향해 걸음을 옮겼다.

　외부에서 독립된 조직인 추밀당을 이끄는 그이지만, 가끔씩은 운중천에 들어가서 직접 보고해야 했다. 오늘이 바로 그 날이었다.

　그의 머릿속에는 그동안 수집해 온 정보가 차곡차곡 쌓여 있다. 소무상은 복잡하게 얽힌 생각을 정리하며 걸음을 옮겼다.

수많은 사람이 그의 곁을 스쳐 지나갔다. 그중에는 평범한 사람도 있고 무공을 익힌 사람도 있었다. 그들은 무심히 소무상을 지나쳐 갔지만 소무상은 그렇지 않았다.

소무상의 머릿속에는 이 거리에 있는 대부분 사람의 자료가 들어 있었다.

'저자는 주로 하남성에서 활동하는 청하도객(靑河刀客) 유가량, 그리고 저자는 요즘 복건성에서 최고의 주가를 올린다는 구월검마(九月劍魔) 강유.'

그 외에도 이루 셀 수 없을 정도로 많은 무인이 운중현에 들어와 있었다. 그 때문에 지금 운중현에는 긴장감이 흐르고 있었다.

운중천이 어떤 방식으로 척마대를 뽑을지에 대해서는 전혀 알려진 것이 없었다. 운중천이 뽑는 방식에 따라 떨어질 수도 있고 붙을 수도 있기에 대부분의 무인은 조금의 정보라도 얻기 위해 혈안이 되어 있었다.

"쯧!"

소무상이 혀를 찼다.

저들은 죽었다 깨어나도 모를 것이다.

이미 척마대를 뽑는 방식이 마련되어 있다는 것을. 그리고 알 만한 사람들은 그 방식을 이미 알고 그에 대한 대비를 하고 있다는 사실을.

세상은 결코 공평한 곳이 아니었다. 운중천은 특히 그랬다.

소무상이 걸음을 멈췄다.

운중천으로 건너는 다리가 그의 눈앞에 그 거대한 위용을 드러내고 있다.

천강교(天强橋).

운중천을 상징하는 다리의 이름이다.

소무상은 천강교를 건넜다. 천강교 끝 운중천의 입구에 경계를 서고 있는 젊은 무인들이 있다. 소무상은 그들에게 신분을 증명하는 패를 내보였다.

"통과하십시오."

소무상의 패는 운중천의 외당무사들이나 사용하는 평범한 동패였다. 신분패만 봐서는 도저히 그의 지위를 알 수 없었다.

운중천의 내부는 상상을 초월할 정도로 거대한 규모를 자랑했다. 하늘을 찌를 듯한 높은 전각과 거대한 탑, 거리를 지나다니는 수많은 무인들.

언뜻 보면 번창한 성도와 다를 것 없이 자유로워 보이는 풍경이지만, 그 안에도 엄격한 법도가 있었다. 무인들은 신분패가 허용하는 구역에만 들어갈 수 있었고, 이를 어겼다가는 즉각 처벌을 받게 된다.

특히 외부에서 들어온 무인들에게 엄격히 적용되었는데, 이를 어겼다가는 본인뿐만 아니라 그가 속한 문파까지도 커다란 불이익을 받게 된다. 그 때문에 각 문파에서는 운중천에 무인들을 파견할 때 특별히 주의를 준다.

소무상은 잠시 주위를 둘러보다가 걸음을 옮겼다. 북천문에 파견 나가 있던 기간을 제외하면 청춘의 대부분을 이곳에서 보낸지라 모든 것이 익숙했다.

그는 서쪽 거리를 향해 걸음을 옮겼다. 그의 품에는 두 개의 신분패가 들어 있다. 하나는 정문에서 보인 평범한 신분패이고, 또 하나는 무척이나 특별한 신분패이다. 그가 향하는 곳은 특별한 신분패를 내보여야만 들어갈 수 있는 곳이다.

얼마나 걸었을까?

"어이, 이봐!"

거친 음성이 그의 고막을 파고들었다.

익숙하면서도 기분 나쁜 목소리에 소무상이 걸음을 멈춰 세웠다. 뒤를 돌아보자 낯익은 얼굴이 보인다.

소무상보다 서너 살은 많아 보이는 거친 인상의 사내다. 적색 무복에 허리에 커다란 도를 차고 있어서 그런지 몰라도 엄청난 박력을 풍기고 있다.

사내를 보는 소무상의 눈빛은 그리 호의적이지 않았다. 그런 소무상을 보면서 사내가 파안대소를 터뜨렸다.

"으하하! 오랜만이군, 부조장."

"……."

"그간 잘 지냈나?"

소무상을 보며 이를 드러낸 채 웃고 있는 사내의 이름은 장패산. 한때는 소무상의 직속상관이었고 동고동락하던 사이였다. 하지만 그것은 오래전 이야기였다. 지금 그들에게는 결코 좁혀지지 않는 간극이 존재했다.

칠 년 전 그날 이후 장패산은 심원의의 측근이 되어 승승장구했다. 운중천의 요직을 두루 걸친 그의 현재 직위는 항마당의 당주였다.

항마당(降魔黨)은 운중천에서도 경험이 많은 무인으로 구성된 별동대였다. 이전에 장패산이 조장으로 있던 외당과는 비교할 수 없을 정도로 막강한 권한을 가진 곳으로 독립된 명령 체계를 갖추고 있어 외부의 간섭을 거의 받지 않았다.

칠 년 전 소무상이 만신창이가 된 채 운중천에 복귀했을 때 장패산은 그를 모른 척했다. 그날 이후 두 사람의 사이는 점점 멀어졌고, 어쩌다가 운중천에서 마주치더라도 외면하고 지나칠 정도로 냉랭한 사이가 되었다.

소무상은 아직도 외당 조원들의 죽음을 잊지 않고 있었다. 그리고 그들을 외면한 장패산도.

자연 장패산을 바라보는 눈빛이 고울 수가 없었다. 적개심이 눈빛을 통해 드러났다. 그러나 소무상의 냉랭한 시선에도 장패산은 당황하지 않았다.

"사람이 잘 지내냐고 물으면 대답을 해야 하는 거 아니야!"

"덕분에 잘 지내고 있습니다."

"그래? 거 잘됐군."

"무슨 일입니까?"

"자네를 찾는 분이 있네."

"저를?"

"그래, 그렇지 않아도 자네를 부르러 사람을 보낼 생각이 었는데 잘됐군. 나를 따라오게."

"지금 당장은 곤란합니다만."

소무상의 대답에 장패산의 눈썹이 치켜 올라갔다.

"뭣이라?"

"공무 때문에 들어왔습니다. 보고가 우선이라 생각합니다만."

"흥! 그까짓 보고, 조금 늦어져도 상관없네. 정 뭐하면 자네를 부른 분이 알아서 무마해 주실 거네. 그러니 잔말 말고 나를 따라오게."

장패산은 더 이상 들을 것도 없다는 듯이 먼저 걸음을 옮겼다. 소무상은 그런 장패산의 뒷모습을 물끄러미 바라보다가 뒤를 따랐다.

'누구지, 이제 와서 나를 찾는 사람이?'

그동안 소무상은 방치되다시피 했다.

현재의 위치도 그 스스로의 힘으로 올라왔을 뿐 누구의 도움도 받은 적이 없다. 그런데 이제 와서 누군가 찾는다니 그 의도와 정체가 궁금했다.

장패산을 따라간 곳은 두 개의 문을 통과하고 세 번의 검문을 통과한 후에야 도착할 수 있는 중지였다. 소무상조차도 운중천에 이런 곳이 있었나 의문이 들 정도로 은밀한 곳에 아담한 전각은 자리 잡고 있었다.

"이곳이네."

장패산이 들어서자 경계를 서고 있던 무인들이 길을 열어 줬다. 소무상은 장패산을 따라 안으로 들어갔다.

소무상의 눈빛이 날카로워졌다.

'은신해 있는 자들이 하나, 둘…… 모두 열둘인가? 아니다. 둘이 더 있다.'

만일 신경을 곤두세우지 않았다면 소무상도 느끼지 못할 만큼 그들은 은밀하게 숨어 있었다. 호흡은 물론이고 자신의 체온까지 완벽하게 감춘 채.

그는 자연스럽게 주위 풍경을 둘러보면서 머릿속에 그려 넣었다. 본능적으로 만일의 상황을 대비한 것이다. 지난 칠년 동안 그렇게 살아왔고, 그 덕에 지금까지 살아남았다.

'나의 모든 것을 생존에 맞춘다.'

그보다 먼저, 그것도 훨씬 더 어린 나이에 그렇게 살아온 이가 있었다. 진무원. 그의 주군이다. 칠 년 전 그날 이후 그 역시 진무원과 같은 절실함을 갖고 살아왔다.

소무상은 은밀히 이를 깨물었다. 최대한 냉정함을 유지하기 위해서다.

장패산이 커다란 방문 앞에 멈춰 서더니 안쪽을 향해 말했다.

"아가씨, 저 장패산입니다. 명대로 부조장을 데려왔습니다."

"들어오세요."

대답과 함께 문이 저절로 열렸다. 장패산이 소무상과 함께 방 안으로 들어갔다.

방 안은 무척이나 화려했다. 수백 년도 더 되어 보이는 화병과 고풍스러운 문양이 양각된 가구, 커다란 대호의 가죽으로 만든 바닥 깔개가 소무상의 눈을 어지럽혔다.

자단목으로 만든 커다란 책상이 방 중앙에 위압적인 모습으로 놓여 있고, 한 여인이 의자에 앉아 있었다. 의자에 앉아 책장을 넘기던 여인이 고개를 들어 소무상을 바라봤다.

소무상은 한눈에 여인의 정체를 알아보았다.

'서문…… 혜령.'

세월의 흐름에 더 성숙해지긴 했지만 그녀는 분명 서문혜령이었다.

소무상을 본 서문혜령이 자리에서 일어났다.

"오랜만이네요. 벌써 칠 년 만인가요?"

"그런 것 같습니다."

"한번 봐야지 하면서도 차일피일 미루다 보니 벌써 그렇게 시간이 흘렀네요. 미안해요."

"아닙니다. 그런데 무슨 일로 저를 부르셨습니까?"

"성격이 급하네요. 원래 그랬나요?"

"시간이 많이 흘렀으니까요. 칠 년이란 시간은 사람이 변하는 데 충분히 긴 시간이죠."

"그렇군요. 확실히 짧은 시간은 아니죠."

서문혜령이 미소를 지었다.

그녀의 눈빛이 마치 비수처럼 소무상의 전신에 꽂혔다. 그녀는 단지 눈빛만으로 소무상의 전신을 헤집고 모든 것을 분석하고 있었다.

예전이었으면 절대로 느끼지 못했을 그녀의 의도가 신경을 타고 소무상의 뇌리로 전해지고 있었다. 하지만 소무상은 그녀의 의도를 모르는 척 태연한 표정을 지었다.

"제가 소 당주님을 부른 것은 한 가지 여쭤볼 것이 있어서예요."

"무슨……?"

"진무원."

서문혜령이 뜻밖의 단어를 내뱉었다. 하지만 소무상의 눈빛엔 조금의 변화도 없었다. 혹시 그럴지도 모른다고 미리 생각했기 때문이다.

'역시 주군 때문에 불렀군.'

갑자기 진무원이란 이름 석 자가 유명해졌다.

대부분의 사람은 무심코 넘기지만 그럴 수 없는 사람들이 있었다. 서문혜령도 그런 사람 중 한 명이었다.

서문혜령은 진무원이라는 이름 석 자를 듣고도 소무상이 미동도 하지 않자 약간은 뜻밖이라는 표정을 지었다.

"근래 그 이름을 들어본 적이 없나요?"

"들었습니다. 그의 별호가 북검이라는 이야기도."

"혹시 그가 북천문의 진무원과 동일인물일 가능성은 없나요?"

"그럴 리가 있겠습니까? 그는 칠 년 전 죽었습니다."

"하지만 소 당주께서도 직접 확인한 것은 아니죠?"

"그는 화마를 빠져나오지 못했습니다. 최소한 제가 지켜본 바에 의하면 그렇습니다."

"그럼 현재 강호에 위명을 날리는 자는 동명이인일 가능성이 크겠군요?"

"최소한 저는 그렇게 생각하고 있습니다."

소무상의 태연한 대답에 서문혜령이 무언가 마음에 들지 않는지 미간을 찌푸렸다. 그녀가 원하는 대답이 아니기 때문이다.

"겨우 그것 때문에 저를 부른 겁니까?"

"소 당주께는 겨우 그 정도 일밖에 안 되는 모양이군요."

"그게 아니라……."

"미안해요. 소 당주의 귀중한 시간을 빼앗아서."

서문혜령의 음성이 냉랭해졌다. 그에 장패산의 눈에 은은하게 살기가 감돌았다.

순식간에 장내의 분위기가 싸하게 식었다. 그에 소무상이 덤덤히 말했다.

"심기를 어지럽혔다면 죄송합니다. 저는 정말 별거 아니라고 생각했을 뿐입니다."

"아니에요. 어쨌거나 소 당주님을 뵙고자 한 용건은 모두 끝났어요."

명백한 축객령이다.

소무상이 서문혜령에게 포권을 취한 후 밖으로 나갔다.

문이 닫히고 소무상의 모습이 완전히 사라지자 장패산이 입을 열었다.

"아가씨, 심기가 상하셨으면 제가 좀 손을 볼까요?"

그의 주군은 분명 심원의이다. 하지만 그는 서문혜령의 명령도 충실히 이행했다. 선은 여러 곳에 이어놓아야 좋다는 것이 그의 신념이었다.

서문혜령이 고개를 저었다.

"아니에요. 대신 그에게 사람을 붙이세요."

"감시를 붙이란 말씀이십니까?"

"그래요. 그의 말이 사실일 수도 있지만 아닐 가능성도 있어요. 그때까지 그는 우리의 주요 감시 대상이에요."

"알겠습니다."

장패산이 깊숙이 고개를 숙였다.

서문혜령의 시선이 창밖으로 향했다.

'분명 모든 정보가 그의 선에서 끊기고 있어. 무언가 연관이 있는 것이 분명해.'

단순히 여자의 직감이나 변덕 때문이 아니었다. 수많은 정보를 분석하고 내린 결론이다.

무엇보다 소무상의 반응이 너무나 이상했다. 오히려 태연한 것이 그녀의 의심을 산 것이다.

*　　　*　　　*

남수련이 갑판에 서서 손목을 천천히 돌렸다. 약간의 통증이 있었지만 움직이는 데는 무리가 없을 것 같았다. 남수련은 마찬가지로 발목과 허리 등도 조금씩 움직여 상태를 점검했다.

아직 통증이 남아 있었지만 전반적인 상태는 양호했다. 이 정도라면 며칠 안 가 예전처럼 움직일 수 있을 것이다.

당기문이 혼신을 다해 치료해 준 결과이다. 거기에 그녀의 의지와 웅혼한 내공까지 더해져 보통 사람은 이해하지 못할 엄청난 속도로 회복한 것이다.

그때 누군가 그녀의 곁으로 다가왔다.

"그렇게 밖에 나와도 괜찮아? 숙부께서 며칠 더 안정을 취하라고 했잖아."

부드러운 미소를 짓고 있는 여인은 바로 당미려였다.

"괜찮아. 안에만 있으면 너무 답답해서 차라리 밖에 있는 게 더 낫네. 몸도 거의 나았고."

"그럼 다행이고."

두 여인은 편하게 말하고 있었다.

지난 며칠 함께하다 보니 자연스럽게 정이 깊어졌고, 의기가 투합됐다. 그렇게 두 여인은 친구가 되었다.

사실 남수련이 회복하는 데 있어 가장 큰 도움을 준 이가 바로 당미려였다. 그녀는 남수련의 곁에 붙어서 극진하게 간호했고, 속마음까지 털어놓는 사이가 되었다.

당미려는 남수련의 곁에 서서 강가 풍경을 바라보았다. 한동안 두 사람은 말없이 흘러가는 풍경을 바라보기만 했다.

문득 남수련이 입을 열었다.

"그 사람……."

당미려가 고개를 돌려 남수련을 바라보았다.

"많이 좋아하니?"

"……."

"역시 그렇구나."

당미려는 아무런 대답도 하지 않았지만 남수련은 마치 그녀의 속내를 읽기라도 하듯 말을 이었다.

"그 사람의 마음속엔 다른 사람이 있어."

"알고…… 있어."

"너만 상처받게 될 거야."

남수련이 본 진무원은 곧게 자란 나무 같았다. 일단 한번 마음을 주면 결코 쉽게 변하지 않고 외부의 어떤 유혹에도 흔들리지 않는다. 만일 당미려를 먼저 만났다면 모르지만, 그의 마음속에는 이미 다른 사람의 잔영이 짙게 드리워져 있었다. 그리고 그 그림자는 결코 쉽게 걷히지 않을 것이다.

그 사실을 너무 잘 알기에 남수련은 친구의 외사랑을 말리고 싶었다. 당미려는 굳이 그렇게 힘든 사랑을 하지 않아도 될 자격과 인성을 갖춘 친구였다.

당미려가 대답 대신 미소를 지었다. 그녀의 은은한 미소에
남수련은 자신의 말이 아무 소용 없음을 깨달았다.

'그래, 사람의 마음이란 것이 뜻대로 될 수 있는 것이 아니
지.'

남수련은 친구의 앞길에 펼쳐진 가시밭길이 미리 보이는
듯해 자신도 모르게 안타까운 표정을 지었다. 그에 당미려가
오히려 남수련을 위로하듯 말했다.

"난 괜찮아. 이러다 말겠지. 자연스럽게 정리되겠지. 그러
니까 너무 걱정하지 마."

"그래."

"모든 것은 시간이 해결해 줄 거야."

당미려의 읊조림이 바람을 타고 허공으로 흩어졌다. 남수
련은 말없이 그녀의 모습을 바라보았다.

'진무원.'

북검이라는 별호 외엔 모든 것이 철의 장막에 가려진 남자.
그가 몰고 온 격류에 수많은 이의 운명이 휩쓸리고 있었다.

'과연 이 격류가 어디까지 이어질 것인지……'

강호란 괴물은 결코 녹록하거나 호락호락하지 않다. 그 괴
물은 자신에게 역행하는 자를 결코 그냥 두지 않는다.

남수련의 표정에 복잡한 마음이 그대로 드러났다.

그때였다.

쾅!

누군가 갑자기 선실 문을 박차고 뛰어나왔다.

얼굴이 새까맣게 변한 채 입에 거품을 물고 있는 이는 바로 명류산이었다.

"끄으으!"

명류산은 숨넘어가는 신음을 흘리며 갑판을 마구 뒹굴었다. 그에 심상치 않은 분위기를 감지한 남수련과 당미려가 그에게 다가가려 했다.

그때 들려온 당기문의 음성이 그들의 발목을 잡았다.

"멈추거라."

"숙부님?"

당기문이 갑판으로 걸어 나왔다. 그의 뒤를 진무원과 하진월이 따르고 있다.

당기문이 바닥을 뒹구는 명류산을 보며 혀를 찼다.

"쯧! 독이 조금 과했던가? 어째 반응이 전보다 더 격렬하군."

"형님, 이러다 애먼 사람 잡는 거 아닌지 모르겠습니다."

하진월이 옆에서 미간을 찌푸리고 있다.

명류산이 자신의 마음에 쏙 드는 인물은 아니지만 그래도 며칠 함께했다고 알게 모르게 정이 든 모양이다. 약간이나마 걱정이 되는 것을 보면.

당기문은 미간을 잔뜩 찌푸린 채 고통에 몸부림치는 명류산을 바라보았다.

명류산은 생각보다 그의 독에 잘 적응했다. 반대로 그 부작용도 나타났다. 바로 독에 대한 내성이 생기기 시작한 것이다. 조금씩 양을 늘리는 것만으로는 내성을 극복하기 힘들었다. 그 때문에 당기문은 평소보다 과하게 독의 양을 늘렸다.

그 결과가 보는 대로 명류산의 발작으로 나타났다. 평소에도 엄살이 심한 명류산이지만 이번에는 정말 심각했다.

잠시 명류산을 내려다보던 진무원이 입을 열었다.

"그의 고통을 줄일 방법이 없겠습니까?"

"그런 게 있으면 얼마나 좋을까? 스스로 극복하는 방법밖에 없다. 그래도 이번 고비만 넘기면 비약적으로 내공이 늘거야."

"음!"

"그러니까 견디거라, 이놈아. 다음부터는 조금 더 수월해질 거다."

그의 말을 들었는지 바닥을 나뒹굴던 명류산이 갑자기 악을 썼다.

"이 미친 인간아! 뭐가 어쩌고, 어째! 아이고! 나 죽겠네!"

그는 침을 튀기며 당기문에게 욕을 해댔다.

당기문의 사촌, 팔촌까지 욕하던 그가 다시 바닥을 나뒹굴며 고래고래 비명을 질렀다. 그렇게 얼마나 발작했을까? 갑자기 그의 움직임이 잦아들기 시작했다.

"흠! 이제 다 된 것 같군."

당기문이 명류산의 맥문을 잡고 눈을 감았다. 한참 동안이나 진맥을 하던 그가 눈을 뜨며 진무원을 보았다.

"너도 한번 살펴보겠느냐?"

진무원이 고개를 끄덕이며 명류산의 맥문을 잡았다. 그는 당기문처럼 진맥을 하는 대신 그림자 내공을 명류산의 몸에 주입했다.

"음!"

진무원의 눈이 빛났다. 그에 당기문이 미소를 지었다.

"느껴지느냐?"

"예."

명류산의 몸에서 끈적끈적한 기운이 일어나 진무원의 내공에 반항했다. 명류산의 몸 안에 형성된 기운은 일반적인 내공과 달리 굉장히 끈적이면서도 음습한 성질을 품고 있었다.

진무원이 마음만 먹으면 단숨에 날려 버릴 만큼 미약한 기운이지만, 명류산의 몸 안에 내력이라 부를 만한 기운이 형성되었다는 사실이 중요했다. 그것도 다른 것이 아닌 독기(毒氣)를 바탕으로.

"확실히 이놈의 체질이 독특한 것 같구나. 이렇게 빨리 독력을 흡수해 내공으로 전환하다니."

당기문이 활짝 웃었다. 그에겐 명류산이 느꼈을 고통 따윈 크게 중요하지 않았다. 자신이 생각한 방식이 옳게 맞아들어가고 있다는 사실이 더 중요했다. 그리고 명류산은 그가 생각하는 방식에 가장 적합한 체질을 가지고 있었다.

당기문이 명류산을 어깨에 들쳐 메고 선실로 향했다.

"내가 반드시 네놈을 고수로 만들어주마."

광기마저 느껴지는 그의 음성에 하진월이 고개를 절레절레 흔들었다.

"저놈의 명복을 빌어줘야겠구나. 하필 형님한테 걸려서, 쯧쯧."

진무원이 고개를 끄덕여 하진월의 말에 동의를 표했다. 하지만 누구도 당기문을 말릴 생각은 하지 않았다.

실제로 명류산은 누구보다 빠르게 발전하고 있었다. 아직 진무원에게는 맞설 엄두조차 낼 수 없을 만큼 미약한 성취에 불과하지만, 그래도 처음 조우했을 때보다는 장족의 발전을 보이고 있었다.

명류산은 여러모로 가르치는 보람이 있는 존재였다.

진무원이 미소를 지으며 강가를 바라보았다.

저 멀리 선착장이 보였다.

선착장에는 수많은 사람이 배를 타기 위해 기다리고 있었다. 사람과 말, 수레와 마차들이 뒤섞여 선착장은 시장통을 방불케 할 정도로 혼잡했다.

그렇게 많은 이가 한 공간에 있으면 소란스러울 만도 한데 이상하게 고요했다. 사람은 물론이고 말과 소 같은 짐승들까지 침묵을 지키고 있었다.

그 중심에 일단의 무리가 있었다.

허리에 검을 차고 있는 도사 복장의 사람들. 선착장 한가운데 말없이 서 있음에도 불구하고 그들의 몸에서는 사위를 압도하는 기세가 흘러나오고 있었다.

선착장에 있는 상인들은 그런 도사들을 경외감이 어린 시선으로 바라보고 있었다. 그들은 풍부한 경험으로 한눈에 도사들의 정체를 알아보았다.

화산파(華山派).

강호 구대문파의 하나로 그 역사만 수백 년이 넘는 전통의 명문이다. 도가 계열의 문파로 이제까지 배출한 절정의 무인이 수천이 넘어간다.

명실상부한 섬서성의 패자로 그 영향력이 천하를 아우를 정도로 대단했다. 도가 계열의 문파로서는 가히 최고라 할 수 있었지만, 같은 도가 계열의 무당파에는 밀리는 감이 없지 않았다.

하지만 그 차이는 극히 미미했기에 화산파 도사들의 자부심은 하늘을 찔렀다. 그런 자부심은 고스란히 기세로 나타나고 있었다. 마치 잘 벼려진 검처럼 날카로운 기세를 발산하는 그들의 모습에 사람들은 감히 다가갈 엄두조차 내지 못했다.

그들의 중심에 사십 대 중후반으로 보이는 중년의 도사가 있었다. 전체적으로 둥글둥글한 인상과는 반대로 날카로운 눈매가 인상적이었다.

칠성 진인(七星眞人).

화산파의 장로로서 특히 매화검(梅花劍)에 큰 성취를 이뤘다고 알려져 있다. 매화검은 화산파를 대표하는 검공 중 하나로 상승지경으로 가는 것이 너무나 힘들어 화산파 내에서도 익히는 사람이 얼마 없다고 알려져 있다. 하지만 일단 상승지경으로 가는 통로를 열면 그 후부터는 무위가 비약적으로 상승해 천하에 적수를 찾기 어렵다는 절학이다.

칠성 진인이 주위에 있는 젊은 도사들을 바라보았다.

적게는 이십 대 초반에서 많게는 삼십 대 후반까지 연령대도 다양했다. 화산파의 미래라 할 수 있는 이대제자와 일대제자들이다.

화산파에서는 운중천에서 척마대를 뽑는 행사에 자파의 젊은 무인들을 대거 파견했다. 척마대에 뽑히는 것도 좋지만, 무엇보다 경험을 두루 쌓게 해주기 위해서였다.

화산파에서 파견한 제자들은 각 항렬에서 모두 최고의 재능을 갖고 있는 자들이었다. 일대제자 세 명은 차기 화산을 이끌어가기에 부족함이 없는 기재이고, 그 뒤를 잇는 일곱 명의 이대제자 역시 또래의 기재 중 발군의 재능을 갖고 있다고 정평이 나 있었다.

칠성 진인은 그런 기재들을 보호하고 이끌 막중한 책임이 있기에 더욱 날카로운 눈빛으로 주위를 경계했다.

"사숙, 저기 배가 들어옵니다.

칠성 진인의 곁에 있던 삼십 대 중반의 도사가 손가락으로 강을 가리켰다. 그가 가리키는 곳으로 커다란 운마도강선이 다가오고 있다.

"흠! 선표는 확인했겠지?"

"예, 모두 일등석으로 끊어뒀습니다."

공손히 대답하는 도사의 이름은 창운(蒼雲). 화산파 일대제자인 창 자 돌림 중에서도 단연 발군의 재능을 갖고 있다고 소문이 난 기재이다.

지닌바 무위는 일대제자 중에서도 단연 손가락 안에 꼽히지만, 나이가 어린 축에 속해 따로 중책을 맡지는 않았다. 하지만 화산파 내에서 그를 무시하는 자는 존재하지 않았다.

창운의 곁에 있는 두 명의 도사도 같은 일대제자이다.

창혜와 창궁. 그들 역시 일대제자 중에서는 비교적 어린 축

에 속했다. 무재는 창운에 비해 조금 떨어질지 모르지만 상황
판단력이나 임기응변 등은 오히려 더 낮다는 평가를 듣고 있
었다.

"모두 짐을 챙기고 일행과 두 걸음 이상 떨어지지 말거라."

"예!"

창혜와 창궁이 이대제자들을 통솔해 운마도강선에 탈 준
비를 마쳤다.

이대제자들이 초롱초롱한 눈으로 운마도강선을 바라보고
있다. 이십 대라고 하지만 그들은 무공에 입문한 이래 화산파
를 벗어난 것이 이번이 처음이다. 그 때문에 그들의 얼굴에는
숨길 수 없는 기대감이 가득했다.

마침내 운마도강선이 선착장에 멈춰 섰고, 사람들이 오르
기 시작했다. 화산파의 무인들은 가장 늦게 운마도강선에 올
랐다.

"우와!"

생전 처음 커다란 배를 타보는 어린 제자들이 드넓은 갑판
의 모습에 감탄사를 터뜨렸다.

칠성 진인은 그런 제자들을 보며 슬며시 미소를 지었다. 자
신 역시 그들 나이 때는 저렇게 호기심을 숨기지 못했다.

그때 잠시 갑판을 둘러보던 칠성 진인은 선실 문을 열고 나
오던 중년인과 시선이 딱 마주쳤다.

"당신은?"

그의 미간에 깊은 골이 파였다.

*　　　*　　　*

명류산을 진정시키고 갑판 밖으로 나온 당기문의 표정이 절로 굳었다. 그의 시선이 맞닿은 곳에 중년의 도사가 있었다.

도포를 입고 있는 둥글둥글한 인상의 중년 도사는 바로 칠성 진인이었다. 당기문을 바라보는 칠성 진인의 눈빛 역시 날카롭기 그지없었다.

당기문은 단박에 칠성 진인의 정체를 알아봤다.

"칠성?"

"홍! 당문에서도 나온 것인가?"

서로를 향해 내뱉는 말과 눈빛에 날이 잔뜩 서 있다. 특히 당기문을 바라보는 칠성 진인의 눈빛엔 독기마저 서려 있어 지켜보는 이의 가슴까지 섬뜩하게 만들었다.

칠성 진인이 당기문을 향해 다가왔다. 그런 그의 몸에서는 날카로운 기세가 칼날처럼 뻗쳐 나왔다.

"오랜만이군, 기문."

"십 년 만이지 싶군, 칠성."

"코빼기도 안 보이기에 죽었나 싶었더니 여전히 잘 살고 있군."

"자네가 화산파의 제자들을 이끄는 건가? 부디 이전과 같은 사고가 반복되지 않았으면 좋겠군."

"감히!"

칠성 진인의 얼굴에 노기가 서리면서 발산하는 기세가 더욱 강렬해졌다. 그에 당기문의 표정이 하얗게 질렸지만 뒤로 물러나거나 사과하지는 않았다.

그들의 대립에 당황한 이는 화산파의 제자들이었다. 하지만 그들은 길게 고민할 것도 없이 칠성 진인의 등 뒤에 섰다. 자세한 사정이야 알 수 없었지만, 칠성 진인은 사문의 존장이다. 당연히 그의 편을 들 수밖에 없다.

독술과 의술의 대가라 할 수 있는 당기문이지만 무공을 익히지 않았기에 육체적인 능력은 평범한 사람들과 다를 바가 없었다. 십여 명이 넘는 고수가 내뿜는 기세에 그의 안색이 하얗게 질려갔다.

그때였다. 갑자기 누군가 당기문의 어깨에 손을 올려놓았다. 그의 손을 통해서 한줄기 공력이 흘러들어 오면서 숨 쉬기가 편해졌다.

당기문이 뒤를 돌아봤다.

"무원."

어느새 다가온 진무원이 그의 어깨를 통해 공력을 주입해 주었다. 그 덕에 당기문은 자신을 짓누르던 막대한 압력에서 벗어날 수 있었다.

칠성 진인도 그 사실을 느꼈는지 눈에 이채를 떠올렸다. 자신이 흘려내는 기세는 일반 무인들이 감당할 수 있을 만큼 만만한 것이 아니었다. 그런데 진무원은 아무렇지 않게 당기문에게 내공을 주입해 기세에서 벗어나게 만들었다. 결코 아무나 할 수 있는 일이 아니었다.

칠성 진인이 물었다.

"자네는 누군가?"

"이분의 일행입니다."

"흠!"

진무원의 간단한 대답에 칠성 진인은 못마땅한 표정을 숨기지 않았다. 그와 같은 대문파의 장로에게 자신을 소개할 때는 소속 문파와 이름까지 말해야 한다. 그것이 강호의 관례였다.

"기문의 일행답게 예의가 무언지 모르는 것 같군."

"허! 이 친구가 누군 줄 알고……."

"됐네. 자네와 함께 다니는 인물의 수준이야 뻔하지. 난 이만 선실로 들어갈 테니 앞으로도 아는 척하지 말게."

칠성 진인은 냉랭한 표정으로 뒤돌아서 선실로 향했다. 당기문은 그런 칠성 진인의 뒷모습을 바라보며 혀를 찼다.

"쯧쯧! 저 못된 성질머리는 전혀 변한 것이 없군."

그사이 화산파의 제자들이 칠성 진인을 따라 선실 안으로 들어갔다.

진무원이 물었다.

"원래 아시는 분입니까?"

"누구? 칠성? 알다마다. 한 십여 년 전쯤 한동안 함께 지낸 적이 있지. 그때도 성격이 보통 고약한 것이 아니었는데 여전히 변한 것이 없군."

당기문의 구겨진 얼굴이 쉽게 펴질 줄을 몰랐다.

그때 멀리서 지켜보던 하진월이 당기문에게 다가왔다.

"화산파라면 전에 말하던 그……."

"맞네. 십여 년 전 당문과 화산파가 회합을 가진 적이 있었지. 그때 칠성 때문에 당문과 화산파 모두 큰 곤욕을 치렀다네."

당시 강호에는 천변음마(千變淫魔)라는 음적이 활동하고 있었다. 별호 그대로 그는 역용술에 매우 능했는데, 누구도 그의 진면목을 알지 못했다.

당시 천변음마에게 능욕을 당한 여인의 수가 무려 수백이 넘어갔는데, 이 때문에 운중천에서도 수많은 무인을 풀어 그를 잡고자 했다. 하지만 누구도 그의 진면목을 알지 못하는데

다가 독공에 워낙 조예가 깊어 엄청난 피해만 남겼을 뿐 그를 잡지 못했다.

천변음마가 섬서성에 들어왔다는 정보를 입수한 화산파에서는 당문에 도움을 청했고, 그 결과 당기문을 비롯한 당문의 정예들이 합류했다.

화산파와 당문의 무인들은 끈질기게 추적했고, 그 결과 섬서성 끝자락에서 명문가의 여인을 겁탈하려던 천변음마를 포위할 수 있었다.

천변음마는 여인을 인질로 삼은 채 독공을 사용해 버렸다. 당기문은 신중하게 접근하자는 의견을 내놓은 데 반해 화산파에서는 더 큰 피해가 나기 전에 속전속결로 제압하자는 의견을 내놓았다.

당기문은 천변음마가 사용하는 독의 종류를 알 수 없으니 조금만 더 시간을 달라고 했는데 화산파의 고수 한 명이 그의 의견을 무시하고 제자들을 이끌고 급습했다.

그 결과는 참담했다.

결국 천변음마를 처단했지만 화산파의 고수 이십여 명이 죽거나 다쳤고, 여인과 그녀의 집안이 몰살을 당했다.

"화산파의 고수라는 사람이 바로 칠성 진인이군요?"

"맞다. 당시 그의 독단적인 결정 때문에 한 집안이 완전히 멸문을 당했다. 남녀노소 할 것 없이 모조리 독에 중독되어 죽었지. 나와 당문의 고수들이 해독하려 했지만 소용없었다. 당시 천변음마가 사용한 독은 백록산(百甪酸)이라는 극독이었다. 일단 한번 중독되면 순식간에 급사하기 때문에 미처 치료할 시간이 주어지지 않았다."

그나마 화산파의 무인들은 좀 나았다. 그들은 내공을 이용해서 끈질기게 버텼고, 그사이 당문의 무인들이 해독을 했으니까. 그래도 다섯 명이 백록산을 이기지 못하고 죽고 말았다.

당기문은 칠성 진인에게 이 사태의 책임을 물었고, 화산파에서는 그의 의견을 받아들여 칠성 진인에게 백 일 면벽을 명했다.

"허! 말이 되느냐? 일가가 몰살을 당했는데 겨우 백 일 면벽이라니. 그 많은 사람의 목숨이 겨우 백 일 동안 벽을 보고 수행하는 것으로 대체되다니."

당기문은 분노했지만 화산파는 그 이상 어떤 대답도 없었다. 오히려 그들은 천변음마를 잡은 사실을 강호에 널리 알려 위명을 떨쳤다.

"그날 이후 당문과 화산파는 사이가 멀어졌고, 마찬가지로 나와 칠성 사이에도 결코 메울 수 없는 깊은 골이 생겼지."

"그때의 일에 원한을 가진 모양이군요."

"그래도 십 년이란 시간이 흘렀으니 조금은 유해진 줄 알았는데 그는 전혀 변한 것이 없군."

"사람은 쉽게 변하지 않는 법입니다."

"정말 그런 것 같구나."

당기문의 표정이 어두워졌다.

운중천까지는 며칠을 더 배를 타고 가야 한다. 그 시간 동안 칠성 진인과 같은 공간에 있어야 한다는 사실이 그의 가슴을 답답하게 만든 것이다.

"나는 안에 들어가 좀 쉬겠네."

당기문이 명류산이 있는 선실로 향했다. 진무원과 하진월은 그의 뒷모습을 물끄러미 바라보았다.

하진월이 문득 입을 열었다.

"강호의 은원이란 늪과 같아서 일단 발을 담그면 절대로 빠져나올 수 없지."

"그 늪 속에서 수많은 이가 살아가고 있군요."

"그래, 더럽게 혼탁한데 지독한 중독성이 있어. 자신의 한 몸 썩는 걸 뻔히 알면서도 빠져나갈 수 없게 되지. 그래서 강호인의 몸에서 하나같이 구린내가 진동해. 킁킁! 아유, 이놈의 냄새, 지독하구나."

하진월이 말을 하면서 자신의 옷 냄새를 맡는 시늉을 했다. 그에 진무원이 씁쓸한 미소를 지었다.

진무원 역시 강호를 살아가는 자다. 강호인으로 살아가겠다고 마음먹은 순간 그의 몸에서도 악취가 나기 시작했을 것이다.

수많은 이의 주검을 밟고 일어서 그들이 흘린 피 위에 영욕의 성을 쌓는 자.

아무리 부인하려 해도 그것이 진무원의 현 모습이고, 강호를 살아가는 자들의 자화상이다.

하진월이 진무원의 어깨를 두들겼다.

"그런 표정 지을 것 없다. 최소한 자신이 무엇을 하고 있다는 사실을 알고 있는 것만으로도 대단한 일이다. 이 세상을 살아가는 대부분의 사람은 자신이 무슨 짓을 저지르는지도 모른 채 살아가니까."

"전혀 위안이 되지 않는군요."

"그러냐? 나도 말해놓고 개소리라고 생각했다. 멍멍!"

하진월의 킬킬거리는 웃음소리가 갑판 위에 울려 퍼졌다. 진무원도 함께 웃었다.

해가 지고 어둠이 찾아왔지만 운마도강선은 멈추는 법이 없었다. 운마도강선의 선수에는 커다란 횃불이 걸려 앞길을 밝혔다. 거대한 운마도강선은 마치 강을 따라 흐르는 섬처럼 그렇게 앞으로 나갔다.

낮 동안 갑판 위에서 웃고 떠들던 사람들은 각자의 선실로 들어가 깊은 잠에 빠져들었다. 진무원은 아무도 돌아다니지 않는 갑판 위에 홀로 앉아 달빛이 어지럽게 부서지는 강물을 바라보았다.

그때 누군가 선실 문을 열고 갑판 위로 올라왔다. 도포를 입은 삼십 대 중후반의 남자는 화산파의 일대제자인 창운이었다.

창운은 잠시 주위를 둘러보다가 진무원을 발견하곤 다가왔다.

"혼자 고즈넉이 달빛을 즐기려 했더니 선객이 있었구려. 앉아도 되겠소?"

"앉으십시오. 어차피 주인 없는 곳이니까."

"고맙소."

창운이 진무원 앞에 털썩 주저앉았다. 그의 손에는 조그만 항아리가 들려 있었다. 진무원이 바라보자 창운이 피식 웃었다.

"도사가 술 항아리를 들고 있으니 이상하오?"

진무원이 말없이 고개를 끄덕였다. 그러자 창운이 항아리의 뚜껑을 열며 말을 이었다. 그러자 엄청나게 강한 주향이 흘러나와 진무원의 후각을 자극했다.

"이상할 것 없소. 도사도 사람이니까."

그는 항아리의 술을 한 모금 마시고는 진무원에게도 권했다. 진무원은 의외라는 표정을 지었지만 거절하지 않고 술 항아리를 받았다.

창운이 내민 술은 싸구려 독주였다. 식도가 화끈한 것이 입 안에서 불이 날 것만 같았다. 그런데도 이상하게 주향이 독특하면서도 좋았다.

진무원은 다시 창운에게 술 항아리를 건넸다. 창운이 빙그레 미소를 지으며 다시 술을 마셨고, 그렇게 몇 순배가 돌았다.

두 사람 모두 내공의 고수라 취기를 억누를 수도 있었지만 그렇게 하지 않았다. 두 사람의 얼굴이 금세 벌겋게 달아올랐다.

문득 창운이 입을 열었다.

"혹시 천변음마에 대한 이야기를 들으셨소?"

"들었습니다."

"역시 그렇구려."

창운이 씁쓸한 표정을 지으며 다시 술 한 모금을 마셨다. 잠시 수면에 비친 달빛을 바라보던 그가 입을 열었다.

"그 사건으로 인해 사숙께서는 잃은 게 많다오. 외부에선 어떻게 볼지 모르지만 화산파 내부에서는 따가운 시선을 받다 보니 주로 한직을 맴도셨다오. 자신의 조급함 때문에 다른 제자들이 죽었다고 생각하셨는지 모습도 거의 내보이지 않으셨고."

"무슨 말을 하고 싶은 겁니까?"

"그러니까 내 말은 너무 사숙을 미워하지 않으셨으면 좋겠다는 것이오."

"저는 그분을 잘 알지 못합니다. 그러니까 미워할 이유도 없습니다."

진무원의 대답에 창운이 의외라는 표정을 지었다. 하지만 곧 고개를 끄덕였다.

"내가 너무 앞서간 모양이구려. 당 대협과 동행이기에 막연히 그럴 거라 생각했는데."

"당 대협은 칠성 진인을 뵙기 전까지는 그에 대해 일언반구도 없었습니다. 그분께서도 칠성 진인을 개인적으로는 미워하지 않을 겁니다."

창운이 진무원을 물끄러미 바라보다가 갑자기 포권을 취했다.

"화산파의 창운이오."

"진무원입니다."

"하하하! 이거 오랜만에 술잔을 나눌 만한 사람을 만나니 기분이 정말 좋구려."

창운의 낭랑한 웃음소리에 진무원이 미소를 지었다. 창운은 보는 사람까지 유쾌하게 만드는 재주가 있는 남자였다.

"내 요 며칠 고민하느라 머리가 아팠는데 오늘만큼은 모든 것을 내려놓고 진 소협과 함께 한잔하겠소. 마음껏 마시구려. 비록 싸구려에 주향도 잘 지워지지 않는 독주지만 얼마든지 있으니까."

두 사람은 주거니 받거니 술잔을 나눴다. 달빛 아래 그들의 목소리가 흩어졌다.

두 사람은 오랜 시간 두런두런 이야기를 나눴다.

*　　　*　　　*

다음 날 창운의 시신이 발견되었다.

　창운의 주검은 매우 처참했다. 얼굴 반쪽은 거의 썩어 문드러져 있고, 몸에는 잔혹하게 살점을 도려낸 흔적이 선명하게 남아 있었다.

　"으으!"

　칠성 진인의 악다문 입술을 비집고 짐승의 울음과도 같은 신음이 흘러나왔다.

　"누구냐, 제일 처음 창운을 발견한 자가?"

　"접니다, 사숙."

　창궁이 앞으로 나섰다.

그의 얼굴 역시 칠성 진인과 마찬가지로 참담하기 그지없었다.

"어떻게 된 일이냐?"

"아침이 되었어도 사형이 보이지 않아 이상한 생각이 들었습니다. 그래서 선실로 찾아가 봤더니 그만…… 크흑!"

결국 창궁이 오열을 터뜨렸다. 마치 전염이라 된 듯 근처에 있던 화산파 제자들이 겨우 참고 있던 울음을 터뜨렸다.

"사형!"

"사숙! 흐어엉!"

순식간에 갑판이 화산파 도사들의 울음으로 가득 찼다. 그러자 칠성 진인이 소리쳤다.

"시끄럽다! 창운을 이렇게 처참하게 살해한 자를 잡기 전에는 눈물을 흘리는 것조차 사치다! 반드시 창운을 죽인 자를 찾아 복수해야 한다!"

그의 살기 어린 외침에 화산파 도사들이 울음을 멈췄다. 그들의 충혈된 눈에는 살기가 담겨 있었다. 그 모습에 배 위에 타고 있던 사람들이 섬뜩함을 느끼고 주춤주춤 뒤로 물러났다.

그때 화산파 도사들이 있는 곳으로 진무원 일행이 다가왔다.

당기문이 창운의 시신을 보고 놀란 표정을 지었다.

"아, 아니, 이게 어떻게 된 일인가?"

"으음!"

진무원이 침음성을 흘렸다. 한눈에 시신이 창운이라는 것을 알아본 것이다.

새벽까지 함께 술을 마신 창운이다. 그 호방함과 청정함에 반해 수많은 이야기를 나누고 의기가 투합했다.

창운은 내일도 모레도 이렇게 술을 마시자며 진무원에게 억지 약속을 강요했다. 창운의 그런 친절이 부담스러웠지만 한편으로는 기분이 나쁘지 않았기에 진무원은 그러마고 약속했다.

"누가……."

진무원의 눈빛이 더할 수 없이 깊게 침잠됐다.

그는 분노하고 있었다. 창운은 어떤 선입견도 없이 그에게 다가온 사람이었다. 불과 하루도 채 사귀지 못했지만 그 호방함은 진무원에게도 큰 인상을 남겼다.

당기문이 급히 창운의 시신을 살폈다. 칠성 진인은 그런 당기문의 모습을 말없이 바라보았다. 하지만 충혈된 두 눈에는 깊은 슬픔이 담겨 있었다.

창운의 시신을 살피던 당기문의 안색이 딱딱하게 굳었다.

"이건 설마?"

그가 당혹스러운 표정으로 칠성 진인을 바라봤다. 그에 칠성 진인이 짐작이라도 했다는 듯이 입을 열었다.

"역시 백록산인가?"

"이미 짐작하고 있었던가?"

"모를 수가 없지. 십 년 전 화산파의 제자 다섯 명이 백록산 때문에 목숨을 잃었으니까."

"으음!"

고통으로 몸부림치며 죽어가는 제자들을 무기력하게 지켜봤던 칠성 진인이다. 그래서 누구보다 백록산에 중독된 현상을 잘 알고 있었다.

그래도 설마 했다. 십 년 전에 꾸었던 악몽이다. 천변음마는 죽었고, 칠성 진인은 그때의 기억을 애써 봉인해 두었다. 다시 그때의 기억을 떠올리는 것은 칠성 진인에게 무척이나 잔인한 일이었다.

"누구냐, 감히 화산파의 제자에게 백록산을 사용한 자가?"

그의 분노 어린 음성이 운마도강선의 갑판에 울려 퍼졌다. 멀찍이 떨어져서 그 모습을 지켜보던 사람들이 그에 몸을 떨었다.

그들이 타고 있는 배에서 벌어진 일이다. 하필이면 죽은 자가 화산파의 일대제자이다. 화산파는 이 일을 결코 좌시하지 않을 것이다. 자칫하다가는 같이 배에 탔다는 이유만으로도 횡액을 당할 수 있었다.

그때 창궁이 진무원을 가리키며 소리쳤다.

"사숙, 저자가 수상합니다. 어젯밤 사형과 마지막까지 함께 있던 자가 바로 저자입니다."

칠성 진인의 시선이 진무원을 향했다.

"정말이냐? 네가 창운과 마지막까지 함께 있었던 것이 맞느냐?"

"그렇습니다."

진무원은 순순히 대답했다. 숨길 일도 아니고 또한 그게 사실이기 때문이다. 하지만 진무원을 바라보는 칠성 진인의 눈에선 불똥이 튀었다.

"네가 감히……."

"그는 좋은 사람이었습니다. 그는 저와 새벽까지 함께 술을 나눴고, 내일도 모레도 함께 마시자고 약속했습니다. 그는 그렇게 죽어서는 안 되는 사람입니다."

진무원의 음성은 무척이나 나직했다. 하지만 그의 말을 듣는 순간 칠성 진인은 전신에 찬물을 뒤집어쓴 듯 오한을 느꼈다.

'이놈!'

그제야 칠성 진인은 진무원이 자신의 짐작보다 더 고수임을 깨달았다. 하지만 그렇다고 위축되지는 않았다.

"그렇다면 창운의 죽음과 어떤 연관도 없단 말이냐?"

"그렇습니다."

"본도가 너의 말을 어떻게 믿느냐?"

"내가 보증하겠네."

당기문이 나섰다. 칠성 진인의 분노 어린 시선이 그를 향했다. 그러자 당기문이 다시 한 번 힘주어 말했다.

"내가 당문의 이름으로 보증하겠네. 그는 정말 믿을 만한 사람일세."

"나는 그에게 물었네. 이제 다시 한 번 묻겠네. 본도가 너의 말을 어떻게 믿느냐?"

"굳이 믿으실 필요 없습니다."

"뭣이?"

진무원의 대답에 칠성 진인의 눈썹이 하늘로 치켜 올라갔다. 그에게 무시를 당했다는 생각이 들었기 때문이다. 하지만 진무원은 아랑곳하지 않고 말을 이었다.

"제가 흉수를 찾아낼 테니까요."

"그럼 네가 흉수를 알고 있단 말이냐?"

"아직은 모릅니다. 하나 곧 알게 될 겁니다."

"어떻게?"

"그의 시신을 잠시 살펴봐도 되겠습니까?"

진무원의 말에 칠성 진인이 잠시 갈등 어린 표정을 지었다. 그때 창궁과 창혜가 그에게 속삭였다.

"이 이상 사형의 시신을 욕보일 수는 없습니다."

"그렇습니다, 사숙. 그에게 사형의 시신을 보여줄 필요는 없습니다."

이대제자들도 그들과 같은 마음인지 칠성 진인에게 시신을 보여주지 말라고 읍소했다.

칠성 진인이 진무원을 노려봤다. 그의 살기 어린 시선에도 진무원은 일말의 표정 변화도 없었다. 그에 칠성 진인이 고개를 끄덕였다.

"좋다. 너에게 창운의 시신을 보여주겠다. 만일 네가 창운의 시신을 보고도 흉수를 찾아내지 못한다면 나는 너에게 죄를 묻겠다."

"이보게, 세상에 그런 법이 어디 있는가?"

보다 못한 당기문이 소리를 질렀지만, 칠성 진인의 표정에는 전혀 변화가 없었다.

"나는 그에게 말한 것이네. 자신이 없다면 시신을 보지 않으면 그뿐일세."

"보겠습니다."

"강호에서 허언(虛言)은 곧 죽음과 직결된다는 것쯤은 알고 있을 터."

칠성 진인이 창운의 시신에서 한 발짝 물러섰다. 허락의 의미이다.

진무원이 창운의 시신에 다가가 한쪽 무릎을 꿇었다.

창운의 시신을 바라보는 진무원의 표정은 참담함 그 자체였다.

'창운.'

죽기 직전까지 고통이 심했는지 창운의 얼굴은 처참하게 일그러져 있었다. 창운의 부릅뜬 눈을 감겨준 진무원은 이내 창운의 시신을 꼼꼼하게 살피기 시작했다. 옷차림과 손발의 상태, 난자된 상처 부위까지 모조리 살펴본 후 그는 몸을 일으켰다.

당기문이 물었다.

"그래, 뭐 알아낸 것이 있느냐?"

진무원이 말없이 고개를 끄덕였다. 그러자 칠성 진인의 표정이 변했다.

"그게 정말이냐?"

"잠시 진인과 함께 온 제자들을 살펴봐도 되겠습니까?"

"무슨? 감히 화산파의 제자들을 의심하는 것이냐?"

진무원의 말 속에 담긴 뜻을 알아차린 칠성 진인이 노성을 토해냈다. 진무원을 노려보는 그의 충혈된 눈빛이 살기로 잠식되어 갔다.

그래도 진무원은 표정 하나 변하지 않았다.

"잠시 둘러보기만 하면 됩니다."

"좋다. 하나 내가 원하는 결과를 내놓지 못할 시 그에 합당한 대가를 치를 것을 각오해야 할 것이다."

"그전에 한 가지만 묻겠습니다. 혹시 창운 도사의 시신을 만진 사람이 있습니까?"

"우리만 창운 사형의 시신을 옮기느라 접촉을 했을 뿐 다른 제자들은 근처에 얼씬도 하지 않았다."

대답을 한 이는 창궁과 창혜였다.

"확실합니까?"

"우리가 제일 먼저 창운 사형의 시신을 발견했으니 확실하다. 우리 외에는 그 누구도 시신에 손을 댄 자가 없다."

원하는 대답을 들은 진무원이 화산파 제자들을 향해 걸음을 옮겼다.

화산파 제자들이 불편한 표정을 지어 보였다. 정체도 알지 못하는 진무원이 화산파 제자의 죽음에 개입하는 것이 본능적으로 꺼려진 것이다. 몇몇 이의 눈빛에는 진무원을 향한 적개심마저 담겨 있었다. 소위 명문 대파에 소속된 무인들의 자존심이었다.

그들의 경계 어린 시선에도 아랑곳하지 않고 진무원은 걸음을 옮겼다. 그리고 천천히 화산파 제자들의 주위를 한 바퀴 돌았다.

어느 순간 진무원의 눈빛이 변하더니 걸음을 멈춰 세웠다.

"왜 그랬습니까?"

"무슨?"

진무원의 시선을 받은 이는 화산파의 이대제자 중 한 명이었다. 도명은 일원으로 화산파에서도 촉망받는 기재였다.

창궁과 창혜가 즉각 반발했다.

"무슨 헛소리냐?"

"일원이 범인이란 말이냐?"

칠성 진인이 앞으로 나섰다.

"증거도 없이 화산파의 제자를 모함한 죄는 결코 가볍지 않다. 확실한 증거를 대지 못한다면 화산파의 명예를 걸고 결단코 용서하지 않을 것이다."

일련의 상황을 지켜보면서 당기문은 안절부절못했다.

"저 녀석, 도대체 왜 나서가지고."

그때 하진월이 조용히 속삭였다.

"잠깐 지켜봅시다, 형님. 저 녀석이 아무 이유 없이 나설 놈은 아니지 않습니까?"

"거야 그렇지만……."

"그럼 믿고 지켜보면 됩니다."

하진월의 말에 당기문은 애써 고개를 끄덕였다. 하지만 불안한 표정을 완전히 감추지는 못했다.

그때 일원이 버럭 소리를 질렀다.

"무슨 헛소리를 하는 것이냐? 감히 나를 모함하다니! 증거를 대지 못한다면 내 친히 네놈의 목을 벨 것이다!"

그는 금방이라도 검을 뽑을 기세이다. 다른 화산파의 제자들 역시 그에 동조했다.

화산파 제자들이 발산하는 살기가 진무원을 압박해 들어왔다. 여차하면 검을 뽑아 휘두를 기세다.

"저 시벌 놈들이……."

이때까지 숨을 죽이고 있던 명류산이 욕설을 내뱉었다. 그렇지 않아도 내공이라 부를 만한 것이 형성된 후 자신감이 하늘을 찌르고 있는 명류산이다. 비록 화산파 제자들을 감당할 자신은 없지만 싸움이란 것이 꼭 주먹만 가지고 하는 것은 아니었다.

당미려와 남수련이 그런 명류산을 진정시키며 진무원을 바라보았다. 그녀들의 얼굴에도 근심의 빛이 떠올라 있었다.

진무원의 무력을 의심하는 것은 아니지만, 상대는 구대문파 중 하나인 화산파였다. 운중천조차도 함부로 대할 수 없는 상대가 바로 화산파였다. 강호의 여타문파와는 차원이 다른 상대였다.

진무원이 흉수를 못 밝혀내면 화산파와 척을 지는 것이고, 반대로 흉수를 밝혀내도 화산파의 자존심이 크게 상한다. 진무원으로서는 어떤 결과가 나와도 이로울 것이 없었다.

'도대체 왜?'

문제는 진무원도 그런 사실을 알고 있을 거란 사실이다. 그런데도 진무원은 선뜻 나섰다.

'그만큼 화산파의 창운이란 도인과 친분을 나눴단 뜻일까? 단 하루의 인연에 불과할진대 그 정도의 마음을 나누는 것이 가능할까?'

진무원을 바라보는 그녀의 눈동자가 불안하게 흔들렸다.

진무원이 일원을 향해 한 걸음 다가섰다. 그러자 일원이 오히려 강하게 나왔다.

"이 일원을 흉수로 몰겠다? 오호, 나는 오히려 당신이 의심스럽군. 당문의 장로님과 함께 다닌다고 자신까지 당문 사람으로 착각하는 것 아닌지 모르겠군."

"왜 죽였습니까?"

"그래도 이자가? 증거를 대지 못한다면 당문이고 뭐고 할 것 없이 화산파의 이름으로 응징할 것이다!"

"증거?"

"그래, 증거!"

"창운 도사의 난자된 상처를 보셨습니까?"

"봤다만?"

"언뜻 보면 마구 난자된 듯 보이지만 자세히 살펴보면 일정한 각도로 검에 찔린 것을 알 수 있습니다. 상흔 대부분이 왼쪽에서 오른쪽으로 향해 있습니다."

"그게 무슨……?"

"범인은 아마 왼손잡이일 겁니다. 그런데 이 중 왼손잡이는 당신밖에 없군요."

화산파의 도사 중 검을 오른쪽 허리에 찬 이는 오직 일원뿐이었다.

칠성 진인이 노성을 터뜨렸다.

"겨우 왼손잡이라는 이유만으로 화산파의 제자를 모함하다니 네놈의 간이 배 밖으로 나왔구나! 그 이상의 이유를 대지 못한다면 내 네놈을 능지처참하리라!"

순간 진무원이 미소를 지었다. 더할 수 없이 차가운 미소를.

"아시다시피 창운 도사는 어젯밤 저와 술을 마셨습니다. 싸구려 독주였지만 주향이 얼마나 강렬한지 아직도 제 몸에서는 그 냄새가 지워지지 않고 있습니다."

"그래서?"

"제가 알기로 창운 도사의 시신에 접촉한 사람은 창궁, 창혜 도사, 그리고 당 대협이 전부입니다. 그리고 그들의 몸에서는 미약하지만 주향이 흘러나오고 있습니다."

창궁과 창혜, 당기문이 자신들의 몸에 코를 박고 냄새를 맡았다. 그러자 주향이 느껴졌다.

진무원의 시선이 일원을 향했다.

"그런데 왜 아무런 접촉도 없었다는 당신의 몸에서 주향이 흘러나오는 겁니까?"

"그, 그건……."

처음으로 일원이 당황한 표정을 지었다.

칠성 진인의 표정이 변했다.

"해명해 보거라, 일원!"

"생각해 보니 간밤에 창운 사형과 잠깐 대화를 한 적이 있습니다. 아마도 그때 몸에 냄새가 배었나 봅니다."

"창운 도사가 술이 든 항아리의 밀봉을 깬 것은 저와 함께 술 마실 때가 처음이었습니다. 그럼 그 이후 창운 도사와 접촉했다는 겁니까?"

"그건……."

변명거리를 찾지 못한 일원의 표정이 일그러졌다.

*   *   *

상황이 이렇게 되자 모두가 의심의 눈초리로 일원을 바라보았다. 심지어는 화산파의 제자들마저도 눈빛이 변했다.

궁지에 몰린 일원이 필사적으로 변명하려 했다.

"사형, 사숙, 저자의 말을 믿습니까? 저는 정말 결백합니다!"

"하면 네 몸에서 흘러나오는 그 주향은 어찌 된 것이냐?"

"그건……."

"어서 대답하지 못할까?"

칠성 진인의 노성이 갑판 위에 쩌렁쩌렁 울려 퍼졌다. 그에 갑판 위에서 상황을 지켜보던 사람들이 양 귀를 막고 비틀거렸다.

"제길!"

종잇장처럼 얼굴이 구겨진 일원이 갑자기 몸을 날렸다. 설마 그가 도주할 줄은 예상치 못한 화산파의 제자들이 뒤늦게 따라잡으려 했지만 그때는 이미 일원의 신형이 거의 갑판을 벗어난 이후였다.

일원의 눈에 푸른 강물이 들어왔다. 이제 강물로 뛰어들기만 하면 화산파에서는 그를 추적할 수 없을 것이다.

그 순간 그의 눈앞에 환상처럼 누군가 나타났다.

"으득!"

일원이 이를 갈았다. 그의 앞을 가로막은 자는 바로 진무원이었다. 그 때문에 창운을 죽인 것이 들통 났고, 졸지에 쫓기는 신세가 되었기에 일원의 원한은 엄청났다.

일원이 섬전 같은 속도로 허리에 찬 검을 뽑았다. 진무원의 예상대로 좌수검(左手劍)이었다.

쐐액!

일원의 검이 진무원의 목젖을 노리고 쏘아져 왔다.

캉!

하지만 그의 검은 쇳소리와 함께 진무원의 지척에서 막혔다. 진무원이 검집째 휘둘러 그의 공격을 막아낸 것이다.

엄청난 반진력에 그의 내부가 찌르르 울리며 몸이 휘청거렸다. 그런 그의 복부를 진무원의 발이 강타했다.

"컥!"

일원이 비명과 함께 갑판으로 튕겨져 나갔다. 우당탕하는 소리와 함께 갑판에 처박힌 일원의 몸이 벌레처럼 꿈틀거렸다.

화산파의 제자들이 일원을 포위하자 칠성 진인이 앞으로 나섰다.

"왜 그런 것이냐? 왜 창운을 죽인 것이냐?"

"크흐!"

"일원아."

칠성 진인은 이해할 수 없었다.

비록 이대제자라서 자주 볼 수는 없었지만, 그가 아는 일원은 착하고 선량한 아이였다. 마음이 여려서 사람을 해치기는커녕 스스로를 보호할 수나 있을까 싶어 늘 걱정했다.

그런 일원이 창운을 해치다니. 그것도 천변음마의 백록산까지 구해서.

일원이 몸을 일으켜 칠성 진인을 바라봤다.

"사숙조, 죄송합니다."

"제발 거짓이라고 말하거라! 네가 뭐가 부족해서……."

"저는 끝까지 화산의 제자이고 싶었습니다. 그것 하나만은 기억해 주십시오, 사숙조."

"일원아."

칠성 진인의 얼굴이 참담하게 일그러졌다. 일원이 창운을 죽였다고 고백한 것이나 다름없기 때문이다.

그때였다. 갑자기 일원의 얼굴이 붉게 변했다.

진무원이 소리치며 일원을 향해 몸을 날렸다.

"막아야 합니다."

"무슨 짓인가?"

진무원이 공격하는 것으로 오해한 칠성 진인이 진무원을 향해 검을 휘둘렀다. 칠성 진인을 상하게 할 수 없기에 진무원은 방향을 살짝 바꿔 뒤로 돌아가려 했다. 하지만 이번에는 화산파의 제자들이 그를 막아섰다.

그 순간 퍽 하는 소리와 함께 일원의 몸이 크게 흔들렸다. 그제야 이상함을 느낀 칠성 진인이 뒤를 돌아봤다.

일원의 몸이 무너져 내리고 있었다. 스스로 내공을 역류시켜 심맥을 파괴한 것이다.

"일원아, 무슨 짓이냐?"

"사······ 숙조, 죄송······."

"크윽!'

칠성 진인이 눈물을 흘렸다.

졸지에 제자 두 명을 잃게 된 그의 상실감은 이루 말로 표현할 수 없을 정도로 컸다. 가슴이 찢어질 것 같은 슬픔에 그의 두 눈이 붉게 충혈되었다.

마침내 일원의 숨이 끊어졌다. 그에 진무원이 나직이 한숨을 내쉬었다. 칠성 진인과 화산파 제자들이 방해만 하지 않았어도 일원의 자결을 막을 수 있었기 때문이다. 그렇다고 칠성 진인과 화산파 제자들을 탓할 수도 없었다. 지금 이 순간 누구보다 침통한 사람들은 바로 그들이기 때문이다.

칠성 진인은 입을 다문 채 일원의 시신을 망연히 바라보았다. 수많은 상념이 순간적으로 그의 머릿속을 스쳐 지나갔다. 꼬리에 꼬리를 문 상념들은 상상의 가지를 무한히 뻗어 나갔고, 결국에는 이 사태의 원인에 생각이 미쳤다.

"누구냐, 감히 이 아이에게 이런 짓을 사주한 이가?"

그는 일원이 혼자서 이런 일을 벌였다고 생각하지 않았다.

일원은 고아 출신이다. 천애고아로 떠돌던 그를 화산파로 데려온 것이 열 살 때의 일이다. 그 이후 십 몇 년이 넘는 세월 동안 그는 단 한 번도 화산파 밖으로 나간 적이 없었다.

외부와의 접촉은 이번이 처음이었다. 그런 그가 갑자기 심경이 변해 사숙인 창운을 암살했다? 말이 되지 않는 이야기였다.

문득 그의 시선이 진무원에게 멈췄다.

'창운이 저놈을 만나면서 이 모든 일이 시작됐다.'

갑자기 가슴속의 화가 들끓어 올랐다. 뜨거운 열기가 머릿속으로 치밀어 올라 이성을 잃게 만들었다.

"도대체 창운에게 무슨 말을 한 것이냐? 도대체 창운이 왜 목숨을 잃어야 했단 말이냐?"

"진인?"

"말을 하거라! 창운이 무슨 말을 했느냐? 그가 왜 죽어야 했느냐?"

"특별한 이야기는 하지 않았습니다. 그저 살아가는 이야기를 했을 뿐."

"거짓말하지 말거라!"

후웅!

내공이 실린 외침에 공기가 공명을 일으켰다.

내공이 없는 당기문과 하진월 등의 안색이 변했다. 그에 당미려와 남수련이 나서서 그들을 보호했다.

"말하거라! 창운이 무슨 말을 했느냐? 그가 왜 죽임을 당해야 했느냐?"

"제가 묻고 싶은 말입니다. 단 한순간의 인연이지만 제가 본 그는 누구보다 정의롭고 올곧은 사람이었습니다. 일원이란 도사가 그를 왜 암살했는지 저 역시 궁금합니다."

"하면 창운의 죽음과 아무런 관련이 없단 말이냐?"

"그렇습니다."

"나는 네놈의 말을 믿을 수 없다!"

칠성 진인의 기파가 갑판 위를 휩쓸었다.

구대문파의 하나인 화산파의 장로가 작심을 하고 일으킨 기세이다. 그 막강한 기세에 갑판 위의 경물이 일제히 공명을 일으켰다.

"이보게, 칠성! 이성을 찾게! 그는 자네의 적이 아니네!"

보다 못한 당기문이 소리쳤지만, 이미 이성을 잃은 칠성 진인의 귀에는 아무것도 들리지 않았다.

하진월이 당기문의 팔을 잡아끌었다.

"소용없습니다. 그에게는 지금 이 사태의 책임을 물을 희생양이 필요할 뿐입니다."

칠성 진인의 눈에 광기가 번뜩이고 있었다. 그 모습을 본 하진월이 침음성을 흘렸다.

'심마(心魔)다.'

무인들이 가장 경계해야 할 심마가 예상치 못한 순간에 찾아온 것이다.

"우와악!"

갑자기 칠성 진인이 괴성을 지르며 진무원을 향해 달려들었다. 등 뒤에서 화산파의 제자들이 그를 불렀지만 소용없었다. 이미 그의 귀에는 그 어떤 소리도 들리지 않았다. 그의 눈에 보이는 것은 오직 진무원뿐이었다.

쉬가악!

칠성 진인의 검이 소름 끼치는 파공음과 함께 진무원을 향해 날아왔다. 진무원은 칠성 진인의 공격을 피하지 않았다.

캉! 카캉!

검집과 칠성 진인의 검이 부딪치며 불똥이 사방으로 튀었다.

칠성 진인의 검이 허공에 매화를 그려냈다. 화산파의 절학인 삼십이수매화절검(三十二手梅花絶劍), 일명 매화검이었다. 대성하면 서른두 송이의 매화를 피워낼 수 있지만, 현재 칠성 진인은 열여덟 송이가 한계였다. 하지만 그것만으로도 갑판 전체를 덮고도 남음이 있었다.

갑판 위의 모든 사람이 매화검의 권역에 들었다. 무공을 모르는 사람이 대다수였다. 자칫하면 수많은 사상자가 생길 수 있었다.

스릉!

진무원이 설화를 꺼내 들었다. 그러자 그의 기도가 순식간에 돌변했다.

"크윽!"

그의 막강한 기도를 이기지 못한 화산파의 제자들이 분분히 뒤로 물러났다.

휘류류!

진무원의 검이 허공을 뒤덮은 매화를 그었다.

허공 가득 수놓았던 열여덟 송이의 매화가 하나둘 소멸되기 시작했다.

"저럴 수가?"

화산파의 무인들은 경악을 금치 못했다.

진무원은 너무나 쉽게 칠성 진인의 매화검을 파훼하고 있었다.

순간적으로 심마에 들었다고는 하나 화산파의 장로가 펼친 매화검이다. 결코 저렇게 쉽게 해소시킬 수 있는 무공이 아니었다.

"크으!"

심마에 들어 이성을 잃은 칠성 진인이 연달아 매화검의 절초를 펼쳐냈다. 매화침향(梅花沈香), 매화부동(梅花不動)의 초식이 진무원을 향해 펼쳐졌다.

진무원의 눈빛이 깊이 침잠됐다.

매화검은 화산파 수백 년의 정수가 담긴 절학이다. 익힌 자는 많아도 완성한 자는 거의 없는 극고의 절학이었다. 열두

송이의 매화만 피워낼 수 있어도 강호에서 일류고수 행세를 할 수 있고, 열다섯 송이 이상만 피워내도 절정고수 대접을 받는다.

하물며 상대는 열여덟 송이의 매화를 피워내었다. 이미 초절정을 넘어선 것이 분명했다.

비록 심마에 들었어도 매화검의 위력에는 변함이 없었다. 아니, 오히려 더 상승한 것 같았다.

설화를 잡은 진무원의 손에 힘이 들어갔다.

진무원은 칠성 진인의 권역으로 몸을 날렸다.

카카캉!

그와 칠성 진인 사이에서 불똥이 튀며 검풍이 사방으로 몰아쳤다. 그나마 진무원이 칠성 진인의 공세를 최대한 억눌렀기에 망정이지 그렇지 않았다면 갑판에 있는 수많은 이가 죽거나 다쳤을 것이다.

칠성 진인은 미친 듯이 검을 휘둘렀다. 힘의 조절도, 내공의 분배도 없었다. 전력으로 검을 휘두르고 또 휘둘렀다.

우웅!

그의 검이 울음을 터뜨렸다.

거칠고 광포한 바람이 진무원을 향해 몰아쳤다. 진무원은 자신에게 불어오는 바람의 맥을 끊었다. 그에 칠성 진인이 더 광분해 검을 휘둘렀다.

수많은 매화 송이가 피어났다가 다시 진무원의 손에 졌다.

피고 지고를 반복하는 매화 송이.

칠성 진인은 점점 지쳐갔다. 막강한 내공의 소유자였지만 무작정 내력을 발산하다 보니 점점 고갈되어 가는 것이다.

진무원은 칠성 진인의 수준으로 내력을 조절했다. 칠성 진인의 전력을 끌어내기 위함이다. 그 결과 칠성 진인은 자신이 약해진 것도 모르고 계속해서 내력을 발산했다.

그렇게 한식경이 지났을 무렵 갑자기 칠성 진인이 부르르 몸을 떨더니 그대로 눈을 까뒤집으며 혼절했다.

"사숙!"

"사숙조!"

이제껏 감히 끼어들 엄두를 내지 못하고 지켜만 보던 화산파의 제자들이 서둘러 달려왔다.

창궁이 칠성 진인을 안아 들며 진무원을 바라보았다. 그의 얼굴에 어려 있던 적개심이 한결 누르러져 있다. 그도 알고 있는 것이다. 진무원이 손속에 사정을 두었다는 사실을.

한편으로는 경악스럽기까지 했다.

칠성 진인 정도의 고수가 심마에 빠졌다. 상처 없이 제압한다는 것은 거의 불가능했다. 적어도 창궁의 상식으로는 그랬다. 하지만 진무원은 불가능을 극복했다.

가슴속에 쌓인 화를 내공과 함께 모조리 배출했다. 적어도 다시 화에 잠식당할 일은 없을 것이다. 소진된 내공이야 운공 몇 번이면 회복할 것이고.

진무원은 그가 짐작한 것보다 훨씬 더 고수였다. 그로서는 감히 수준을 짐작할 수조차 없는.

창궁이 진무원을 향해 살짝 고개를 숙였다.

그가 표할 수 있는 최대한의 경의였다.

*　　　*　　　*

"후우!"

유장환은 숙이고 있던 고개를 들며 큰 숨을 토해냈다. 그뿐만이 아니다. 은마상단 사람들 모두가 유장환처럼 참고 있던 숨을 토해냈다.

"무슨 바람이……."

호상단주 이등명이 질렸다는 듯 고개를 흔들었다.

한 식경 전 멀쩡하던 날씨가 갑자기 돌변하더니 눈 폭풍이 몰아쳤다. 숨도 쉴 수 없을 만큼 엄청나게 몰아치던 눈 폭풍은 마치 거짓말처럼 멈췄다. 바닥에 쌓였던 눈도 따스한 햇살 아래 순식간에 녹아 없어졌다. 모르는 사람이 봤다면 눈이 왔다는 사실도 믿을 수 없을 것이다.

"휴! 이 지랄 같은 날씨는 정말 적응이 되지 않는군요."

"그러게 말입니다."

신강성에서 청해성으로 넘어가는 접경 지역은 유난히 고산과 호수가 많았다. 그래서인지 날씨가 변화무쌍해서 예측하기 힘들었다. 하늘에는 해가 떠 있는데 눈 폭풍이 몰아치는 경우가 다반사였고, 또 언제 그랬냐는 듯 쌓인 눈이 흔적도 없이 사라지기 일쑤였다.

그 때문에 이곳 지형과 기후에 익숙지 못한 사람은 큰 곤욕을 치르곤 했다. 은마상단 역시 단단히 준비를 하고 왔기에 망정이지 그렇지 않았다면 곤욕을 면치 못했을 것이다.

문득 유장환의 시선이 상단의 행렬 끝에 있는 마차로 향했다. 마차 지붕 위에는 이제 겨우 열대엿 살 정도로 보이는 소녀가 앉아 있다. 은한설이다.

그렇게 무시무시한 눈 폭풍을 맞았는데도 은한설은 다른 사람들과 달리 멀쩡한 모습이었다. 머리카락 한 올 흐트러지지 않고 어깨나 머리 위에도 눈의 흔적이 보이지 않았다. 마치 그녀에게만 눈 폭풍이 빗겨 나간 것 같았다.

은한설은 먼 곳을 바라보고 있었다. 유장환은 자신도 모르게 은한설이 바라보고 있는 곳으로 시선을 돌렸다. 까마득한 지평선 너머로 우뚝 솟은 거대한 산맥이 보였다.

"대곤륜(大崑崙)."

유장환은 자신도 모르게 중얼거렸다.

청해성의 서남쪽에 자리 잡고 있는 영산이다. 한여름에도 만년설이 쌓여 있는 정상의 모습은 사람들이 경외감을 갖게 하기에 충분했고, 그 거대하면서 웅장한 산맥은 보는 이를 압도하고도 남음이 있었다.

하지만 무엇보다 곤륜산을 유명하게 한 것은 그곳에 자리를 잡고 있는 한 문파였다.

곤륜파(崑崙派).

흔히들 말하는 구대문파에 속하면서도 세상에는 거의 모습을 드러내지 않는 신비지문이다. 중원에 있는 다른 구대문파와 달리 곤륜은 제자를 거의 밖으로 내보내지 않았고, 세속의 욕망에도 큰 관심을 보이지 않았다.

운중천이 출범하는 데 큰 역할을 했으면서도 정작 운영에는 관심이 없어 욕망에 초탈한 듯 보였다. 그렇게 세상일에 거의 관여를 하지 않았지만 마인들의 준동이나 난세가 시작되면 제일 먼저 나섰다.

그 때문에 청해성 사람들의 곤륜파에 대한 존경은 여타 구대문파에 비할 바가 아니었다. 비록 운중천의 아홉 하늘을 배출하지는 못했지만, 마음만 먹었으면 한자리를 차지하는 것은 문제가 아니었을 거라고 생각하는 사람이 대부분이었다.

유장환은 은한설이 곤륜파만큼 신비롭다고 생각했다. 이곳까지 오는 동안 그녀는 거의 말도 하지 않고 사람들과도 거리를 두었다. 그녀는 마치 다른 세상에 홀로 사는 사람 같았다.

'대체 저 소녀의 정체는 뭘까?'

궁금한 것이 무척 많았다. 하지만 그녀 스스로가 입을 열지 않으니 알아낼 방도가 없었다.

그때 이등명이 유장환에게 말했다.

"눈 폭풍을 헤치고 나오느라 모두가 지쳤습니다. 아무래도 오늘은 일찍 쉬어야 할 것 같습니다."

"그럽시다."

유장환이 고개를 끄덕였다. 그 역시 다른 이들처럼 지치긴 마찬가지였다.

"마침 이 근처에 노숙을 하기 적당한 곳이 있습니다. 하룻밤 머물기에는 부족함이 없을 겁니다."

이등명이 앞장서서 노숙지로 향했다.

그가 안내한 곳은 근처의 한 호숫가였다. 이름 모를 호수 근처에는 커다란 바위로 둘러싸인 조그마한 분지가 있었다. 노숙을 하기에 최적의 장소였다.

유장환이 감탄했다.

"이런 곳은 또 언제 알아두었습니까?"

"하하! 평생을 길 위에서 지냈으니 이 정도는 당연한 것 아니겠습니까?"

"저는 아직 멀었군요. 이 단주님을 따라가려면 더 열심히 쫓아다녀야겠어요."

"하하! 저야 언제든 환영입니다."

이등명은 너털웃음을 터뜨렸다.

노숙에 이골이 날 대로 난 무인들은 알아서 노숙을 준비했다. 은한설은 마차 지붕 위에 앉아서 그 모습을 물끄러미 바라보았다.

물을 길러 오고, 모닥불을 피우고, 음식을 만드는 일련의 과정을 보면서 은한설은 왠지 가슴 한편이 아려오는 것을 느꼈다.

고된 일정 속에서도 그들은 힘들다는 표정 한번 짓지 않고 웃으며 떠들어댔다. 별것 아닌 농담에도 너털웃음을 터뜨리는 그들을 보면서 은한설은 괴리감을 느꼈다.

은한설은 양 무릎 사이에 머리를 파묻었다.

'무원.'

이상하게 그의 얼굴이 기억나지 않았다.

그토록 그리워하던 사람인데 머릿속에서 지워진 것처럼 흐릿하기만 했다. 그래서 더욱 당혹스러웠다.

그때 누군가 다가와 은한설에게 말을 걸었다.

"소저, 음식이 다 됐으니 같이 식사합시다. 모두 소저를 기다리고 있소."

고개를 드니 유장환이 그녀를 바라보고 있다. 은한설이 물끄러미 유장환을 바라보자 쑥스러운 듯 미소를 지었다.

은한설은 엉덩이를 툭툭 털고 일어나 마차 지붕에서 뛰어내렸다. 마치 고양이처럼 소리도 없이 착지한 그녀는 유장환을 따라 걸음을 옮겼다.

"하하! 어서 오시오, 소저."

"여기 앉으시오."

상단의 보표들이 은한설을 위해 자리를 내줬다. 처음에는 낯설어하던 보표들이 이제는 스스럼없이 그녀를 대하고 있었다. 그들은 은한설이 앉을 자리를 미리 준비해 두었다.

은한설은 자연스럽게 자리에 앉았다. 그러자 미리 기다리고 있던 보표 하나가 그녀에게 정체불명의 죽이 담긴 그릇을 건넸다.

은한설은 망설이지 않고 죽을 먹기 시작했다. 그런 그녀의 모습은 무척이나 자연스러워서 사람들의 미소를 자아내게 했다. 그들의 눈에 비친 은한설은 그저 열다섯 살 소녀에 불과했다. 그래서 더 스스럼없이 대할 수 있는 것인지도 몰랐다.

식사는 금방 끝이 났다. 보표들은 일사불란하게 움직여 자리를 정리했다. 식기 정리가 끝나고, 모닥불 주위로 잠자리가 만들어졌다. 경계를 서는 몇 명의 보표만 빼고 모두 잠자리에 들었다.

은한설에게는 가장 좋은 자리가 주어졌다. 하지만 그녀는 잠자리에 들지 않았다. 언제부터인지 정확히 기억은 나지 않지만, 잠이 점점 줄어들더니 이제는 거의 자지 않아도 피곤을 느끼지 않았다.

은한설은 자리에 앉아 하늘을 올려다봤다. 쏟아질 것 같은 별의 바다가 그녀의 망막 가득 들어왔다.

그렇게 얼마나 시간이 흘렀을까?

모두가 수마에 잠식되고 번을 서던 보표들마저 꾸벅꾸벅 졸면서 노숙지는 깊은 정적에 빠졌다.

그 고요함을 즐기던 은한설이 인상을 찌푸렸다. 잠시 주위를 둘러보던 그녀가 몸을 일으켰다.

'살기. 백여 장 밖.'

은혼심결을 완성한 그녀의 감각은 일반인의 상상을 초월할 정도로 발달해 있었다. 그런 그녀의 감각에 백여 장 밖에서 이쪽을 향해 다가오는 일단의 무인이 느껴졌다. 하지만 은마상단의 그 누구도 그런 사실을 알아차리지 못했다.

문득 그녀는 고요한 숨소리만이 가득한 노숙지의 평화를 깨고 싶지 않다는 생각이 들었다.

순간 은한설은 노숙지 밖으로 몸을 날렸다.

그들의 모습은 매우 추레했다. 짐승의 가죽으로 만든 옷에는 누런 먼지가 쌓여 있고, 오랫동안 감지 않은 머리는 떡이 져서 기름기로 번들거리고 있었다. 얼마나 오래 씻지 않았는 지 얼굴에는 때가 가득 끼어 있고, 어둠 속에 드러난 이빨은 누렇게 번들거리고 있었다.

황포삼흉(黃袍三兇).

최근 청해성을 주 무대로 활동하는 마두들이었다. 모두 한 핏줄을 타고난 형제로 성정이 포악하고 무공이 고강해서 청 해성에 당할 자가 그리 많지 않다고 알려져 있었다.

그들은 주로 청해성을 지나가는 상단을 약탈해서 먹고살 았는데, 이제껏 수많은 상단과 상인들이 그들의 손에 목숨을 잃고 물건을 빼앗겼다.

그들에게 죽은 이의 수가 무려 수백 명이 넘어가자 청해성 에 있는 몇몇 문파에서 그들을 응징하기 위해 움직였다. 하지 만 워낙 신출귀몰한데다가 청해성이 워낙 넓어 아직까지 그 들의 꼬리조차 잡지 못하고 있었다.

"흐흐! 저 언덕 너머에 은마상단이 있단 말이지?"

"맞소. 서역에서 제법 이득을 많이 남긴 것 같다 하니 털면 쏠쏠할 것이오."

"그 돈이면 오랜만에 원 없이 계집질을 할 수 있겠군. 흐흐 흐!"

황포삼흉이 음소를 흘렸다.

그들은 이미 자신들 주머니에 돈이 들어온 것처럼 생각하고 있었다. 은마상단의 전력으로는 자신들을 막을 수 없다는 것을 잘 알고 있기 때문이다.

"응?"

그때 그들의 앞으로 갑자기 신기루처럼 조그만 소녀 하나가 나타났다.

황포삼흉의 얼굴에 의혹의 빛이 떠올랐다. 하지만 그것도 잠시, 이내 그들은 음흉한 음소를 흘렸다.

"흐흐! 이게 웬 떡이냐?"

교교한 달빛 속에서 몽환적인 매력을 발산하는 소녀는 은한설이었다. 황포삼흉은 그런 은한설의 외모에 완전히 홀려 버렸다.

그들에겐 은한설이 왜 갑자기 나타났는지 하는 것은 그리 중요하지 않았다. 그들의 음욕을 풀어줄 대상이 나타났다는 사실이 그들의 이성을 마비시켰다.

"계집, 너도 은마상단 소속이더냐? 은마상단이 기특하구나. 이 어르신들을 위해 계집도 미리 준비하고. 그 대가로 특별히 고통 없이 죽여줘야겠구나."

"이리 오너라. 이 어르신들이 특별히 너만은 살려줄 테니까."

"고거 한입에 삼켜도 비린내 하나 나지 않겠구나."

그들의 눈이 음욕으로 번들거렸다.

은한설은 미간을 슬며시 찌푸렸다. 하지만 황포삼흉의 눈에는 그 모습이 더 매혹적으로 보였다.

"계집, 어서 이 어르신들의 품에 쏙 안기거라. 마음껏 귀여워해 줄 테니까."

은한설의 붉은 입술이 열렸다.

"그걸로 결정됐군."

"뭐가 말이냐?"

"당신들의 생사가."

"응? 우하하하! 계집, 말도 참 귀엽게 하는구나!"

황포삼흉이 어이없다는 표정으로 웃음을 터뜨렸다. 한참을 낄낄대던 황포삼흉 중 첫째가 은한설을 보며 무서운 표정을 지었다.

"어린 계집아, 이 어르신들이 화를 내는 것을 보고 싶지 않으면 당장 옷을 벗고 이리 달려오너라."

"우선 그 더러운 입부터."

"뭐?"

스걱!

한참 음담패설을 늘어놓던 첫째는 갑자기 입가가 서늘해지는 것을 느꼈다. 무의식중에 손등으로 입가를 훔치는 첫째를 보며 둘째와 셋째가 경악 어린 표정을 지었다.

"혀, 형님?"

"형님의 혀가……."

첫째의 혀가 매끈하게 잘려 나가 피가 분수처럼 뿜어져 나오고 있었다.

그런데도 첫째는 통증을 전혀 느끼지 못하고 있었다. 한동안 어리둥절한 표정으로 둘째와 셋째를 바라보던 첫째가 갑자기 찾아온 통증에 비명을 질렀다.

"우워억!"

하지만 혀가 잘려 나간 탓에 그의 비명은 입안에서만 맴돌았다.

둘째와 셋째가 은한설을 노려보며 무기를 꺼내 들었다.

"계집, 감히 암습을 하다니!"

"함정을 파고 기다렸구나. 곤륜의 제자냐?"

은한설은 대답 대신 공력을 끌어 올렸다.

휘류류!

순간 은빛 기류의 폭풍이 일어나 그녀를 에워쌌다.

"무슨?"

황포삼흉의 얼굴에 의혹의 빛이 어리는 순간 은빛 폭풍이 그들을 향해 덮쳐왔다.

쿠콰가각!

　　　　　*　　　　　*　　　　　*

　은마상단은 간밤에 사신이 찾아왔단 사실도 알지 못한 채 다시 먼 길을 떠났다.

　그들이 떠나고 한참의 시간이 지난 후 일단의 무리가 노숙지에 모습을 나타냈다. 푸른색 도복을 입은 세 명의 도사였다.

　그들은 잠시 노숙지를 둘러보더니 곧 북쪽으로 몸을 날렸다. 그곳에서 그들이 발견한 것은 사람의 것으로 짐작되는 잔해였다.

　"으음!"

　도사들의 우두머리로 보이는 중년의 무인이 인상을 찌푸렸다. 시신의 잔해를 바라보는 젊은 도사들의 표정 역시 그렇게 좋지는 않았다.

　"황포삼흉의 시신이 분명합니다."

　"누군가 저희보다 한발 앞서 황포삼흉을 제거한 것 같습니다. 그런데 너무나 잔혹하군요."

　"마공의 흔적이다."

　중년무인의 얼굴이 더할 수 없이 침중하게 변했다.

　젊은 도사들은 느끼지 못하고 있었지만, 그는 아직도 공기 중에 옅게 남아 있는 사특한 기운의 잔향을 느낄 수 있었다.

"황포삼흉보다 더한 마인이 나타난 것이 분명하다."

그의 이름은 백남회. 대곤륜이 황포삼흉을 처단하기 위해 세상으로 내보낸 희대의 무인이었다.

8장

난세의 바람이 불어오다

　칠성 진인은 혼절한 후 하루 만에 정신을 차렸다.

　"사숙, 괜찮으십니까?"

　화산파 제자들의 물음에도 그는 답하지 않고 멍하니 선실의 벽만 바라보았다. 그에 화산파 제자들은 그가 심마에서 아직 빠져나오지 못한 것이 아닌지 의심했다.

　그러나 칠성 진인은 심마에서 빠져나오지 못한 것도, 제정신을 차리지 못한 것도 아니었다. 단지 그에게는 생각을 정리할 시간이 필요했을 뿐이다.

　마치 모든 것이 꿈같았다. 창운의 죽음도, 일원의 배신도.

아니, 꿈이었으면 싶었다. 하지만 그것은 어디까지나 그의 바람일 뿐 현실은 잔혹하기 그지없었다.

그가 몸을 일으켰다.

"사숙?"

"창운과 일원의 시신은?"

"지금 당 대협이 선실에서 살펴보고 계십니다."

"그곳으로 가겠다."

칠성 진인은 창궁의 대답도 듣지 않고 걸음을 옮겼다. 그 뒤를 창궁과 창혜가 급히 따랐다.

칠성 진인은 당기문의 선실 문을 벌컥 열고 들어섰다. 선실 안에서는 당기문과 진무원, 하진월이 창운과 일원의 시신을 살펴보고 있었다.

당기문이 칠성 진인에게 다가왔다.

"칠성, 몸은 괜찮은가?"

"알아낸 것은?"

"그건……."

"말해주게."

당기문을 바라보는 칠성 진인의 눈빛은 강렬하기 그지없었다. 답을 구하는 그의 눈빛을 당기문은 외면할 수 없었다.

"이쪽으로 오게."

칠성 진인은 당기문을 따라 일원의 시신 앞으로 다가갔다.

문득 칠성 진인의 시선이 창운에게 닿았다. 그의 눈에 아픔의 빛이 떠올랐다. 가슴이 먹먹해지는 것을 애써 참으며 일원의 시신을 향해 고개를 돌렸다.

일원의 시신 옆에는 그의 품에서 발견한 자기병이 놓여 있었다. 당기문은 자기병 안에 든 액체가 백록산이라는 것을 확인해 주었다.

갑자기 당기문이 일원의 가슴을 풀어헤쳤다. 칠성 진인의 얼굴에 의아한 표정이 떠올랐다. 일원의 가슴이 깨끗했기 때문이다.

당기문이 품에서 조그만 옥병을 꺼내 들며 말했다.

"그냥 보면 아무것도 보이지 않는다네. 하나 이 육미산(六迷散)을 뿌리면 이야기가 달라지지."

육미산은 당기문이 만든 비약 중 하나였다. 본래는 독에 중독된 자들의 고통을 덜어주기 위해 만든 약이었다. 육미산을 뿌리면 신경이 마비되면서 고통을 덜 느끼게 되는 효능을 갖고 있다.

당기문이 일원의 가슴에 육미산을 뿌리자 피부 위에 숨겨져 있던 문양이 희미하게 나타나기 시작했다.

"이건?"

"문신일세. 평소에는 보이지 않지만 이렇게 특수한 용액을 뿌리면 나타나지."

일원의 가슴에는 두 얼굴을 가진 수라가 고개를 내밀고 있었다. 쫙 찢어진 눈과 가슴까지 빼문 혀가 어쩌나 생생한지 금방이라도 일원의 가슴을 뚫고 나올 것만 같았다.

"하루 온종일 살펴보다가 겨우 발견한 걸세."

"일원의 가슴에 왜 이런 문신이……."

칠성 진인의 눈가가 파르르 떨렸다.

화산파에서 문신은 금기나 마찬가지다. 문신은 죄를 씻을 수 없는 범죄자들이나 하는 것이란 인식이 강했기 때문이다.

"사숙!"

창궁과 창혜도 혼란스러운 표정을 짓고 있었다.

그들이 알기로 일원이 외부로 나온 것은 이번이 처음이었다. 문신을 할 시간도 따로 없었고 그럴 만한 여유도 없었다. 그렇다는 것은 화산파에 들어오기 전부터 저 문신을 비밀리에 했다는 뜻이다.

칠성 진인이 당기문을 똑바로 바라봤다.

"일원의 가슴에 문신이 있다는 사실을 또 누가 아는가?"

"여기에 있는 사람 외에는 누구도 모르네."

"당분간 이 사실은 비밀로 해주게."

"칠성."

"부탁일세."

"알겠네."

당기문의 대답에 칠성 진인이 이를 악물었다. 그런 그의 두 눈은 붉게 충혈되어 있었다.

진무원은 그런 칠성 진인을 빤히 바라보았다.

'저 문신은 화산파에 들어가기 전에 한 것. 누군가 어떤 목적하에 일원이란 자를 화산파에 들여보낸 것이 분명하다.'

칠성 진인도 그 사실을 짐작하기에 저런 반응을 보이는 것일 터였다.

'쌍면(雙面)의 수라를 표식으로 사용하는 단체가 강호에 있던가?'

같은 수라의 얼굴이지만 느낌이 조금 달랐다. 왼쪽에 있는 수라의 얼굴이 평온한 느낌이라면, 오른쪽에 있는 수라는 마치 당장이라 피를 흘리며 덤벼들 것처럼 무섭게 생겼다.

'도대체 강호에 무슨 일이 벌어지고 있는 것인가?'

문득 십자혈마공이 떠올랐다. 당시 조천우도 십자혈마공에 대해서는 모르고 있었다.

십자혈마공에 이어 쌍면의 수라, 아무런 연관성도 없어 보이는 두 개의 단어가 왠지 이어져 있을 것 같다는 느낌이 들었다.

의문은 또 있었다.

'일원이란 자는 왜 창운 도사를 죽인 것일까? 혹여 창운 도사가 알아서는 안 될 사실을 알게 된 것일까?'

생각에 생각을 거듭했지만 의문은 풀리지 않고 머릿속만 복잡해졌다. 진무원은 조용히 선실을 빠져나왔다. 갑판 난간에 기대자 차가운 바람이 불어왔다.

"밀야의 재등장으로 이제껏 숨죽이고 있던 이들이 움직이기 시작한 것인가? 아니면 강호에 따로 암류가 존재하고 있던 것인가?"

난세의 바람이 불어오고 있다.

난마처럼 복잡하게 얽힌 정국이 과연 어떻게 천하에 영향을 끼칠 것인지 도무지 짐작할 수 없었다.

그때 누군가 다가오는 소리가 들려왔고, 진무원은 상념에서 벗어났다. 고개를 돌리는 칠성 진인이 보였다.

"진인?"

"진무원이라고 했나?"

"그렇습니다."

"고맙다는 말은 하지 않겠다. 하지만 언젠가 이 신세는 반드시 갚지."

"……."

"화산파의 명예를 걸고 이 칠성이 약속하겠다."

화산파의 이름을 걸고 하는 약속이다. 칠성 진인의 약속은 억만금 이상의 무게를 가지고 있다.

비록 심마에 빠진 기억은 나지 않았지만, 자신이 얼마나 위험한 경험을 했는지는 충분히 유추해 낼 수 있었다.

심마에 빠진 대부분의 사람은 미쳐 날뛰다가 주화입마에 들게 마련이다. 대부분의 공력이 상실되고 몸은 망가진다. 무인으로서의 생명이 끝나는 것이다. 주화입마에 든 자가 정상으로 돌아왔다는 이야기는 칠성 진인도 들어본 적이 없었다.

정상적인 상황이었다면 칠성 진인도 주화입마에 빠져야 했다. 심맥이 꼬이고 내력은 상실되어 폐인이 되었어야 정상이다. 그런데 그의 상태는 멀쩡했다.

아니, 멀쩡한 정도가 아니다. 오히려 내력이 상승했다. 지금이라면 매화를 스무 송이도 더 피워낼 수 있을 것 같은 느낌이다.

'도대체 내게 무슨 일이 생긴 것이냐?'

칠성 진인은 그 이유가 진무원에게 있다고 생각했다. 어떤 수를 써서 자신을 안정시킨 것인지는 모르지만 말이다.

비록 그가 성질이 급하고 편협할지는 모르지만 은혜를 잊어버릴 정도로 몰염치한 사람은 아니었다. 은혜를 받았으면 반드시 갚아야 한다는 것이 그의 신념이었다.

무엇보다 일련의 사건을 통해 진무원을 다시 보게 되었다.

'젊은 나이에 본도를 상회하는 가공할 검공, 무엇보다 상대를 배려할 줄 아는 마음. 강호에 신성이 출현했구나. 차후의 강호는 그가 이끌어 가리라.'

북검이란 별호를 처음 들었을 때 코웃음을 쳤다. 하지만 이제는 인정할 수밖에 없었다. 아니, 소문이 오히려 그의 진면목을 반도 표현하지 못한 느낌이 들었다.

칠성 진인은 강호에 새로운 바람이 불어오고 있다고 생각했다. 그 선두에 진무원이 있었다.

천하에서 가장 똑똑한 사람들이 모여 있는 곳을 뽑으라면 사람들 십중팔구는 서문세가를 뽑을 것이다. 서문세가는 대대로 천하제일의 책사를 배출해 왔다. 그 때문에 강호에서는 서문세가 사람을 얻는 자가 곧 천하를 지배한다는 말이 정설로 받아들여질 정도였다.

서문세가의 당대 가주는 서문종천이었다. 하지만 서문세가를 실질적으로 이끌어가는 이는 서문종천의 아비이자 태상장로인 서문화였다.

서문화는 책사의 가문에 불과하던 서문세가를 오늘날의 부흥기로 이끈 입지전적인 인물이었다. 책사는 무공이 약하다는 선입견을 깨고 아홉 하늘 중 한 명이 된 극강의 무인이기도 했다.

십 년 전 북천문을 봉문시킨 후 서문화는 칩거에 들어갔다. 그는 서문세가 사람들에게도 그 모습을 거의 보여주지 않고 무주헌(無主軒)이라는 그만의 공간에서 대부분의 시간을 보냈다.

무주헌은 서문세가 가장 깊은 곳에 위치한 조그만 모옥이었다. 겉보기에는 그저 평범한 모옥에 불과했지만 허락 없이 발을 들여놓는 순간 죽음의 절진이 발동된다. 서문세가의 인물이라 할지라도 절진에 빠져드는 순간 죽음을 면치 못한다. 파훼법을 아는 자는 오직 단 한 명, 서문화뿐이었다.

무주헌이 위치한 심처로 조심스럽게 다가오는 사람이 있었다. 오십 대 중반으로 보이는 청수한 인상의 문사였다.

그의 이름은 서문종천. 서문세가를 이끌어가는 당대 가주이다.

무주헌을 바라보는 그의 눈엔 긴장의 빛이 가득했다. 서문세가의 가주답게 누구에게도 뒤지지 않는 두뇌의 소유자였지만 아비인 서문화가 칩거하고 있는 무주헌에 들 때면 긴장의 끈을 놓을 수가 없었다.

절진 앞에 서서 그가 조심스럽게 입을 열었다.

"아버님, 소자 종천입니다."

그의 말이 끝나기가 무섭게 주변의 풍경이 바뀌었다. 방금 전까지 보이지 않던 소로가 갑자기 나타났다. 서문화가 서문종천을 위해 생로를 열어준 것이다.

서문종천은 소로를 따라 무주헌으로 다가갔다. 그가 걸음을 옮길 때마다 주변의 풍경이 시시각각 변했다.

'아버님은 그새 또 새로운 경지에 오르셨구나.'

서문종천의 눈으로도 몇 개의 진법이 중첩되어 있는지 감히 짐작조차 할 수 없을 정도였다.

무주헌으로 향하는 그 짧은 순간이 마치 영원처럼 길게 느껴졌다. 마침내 무주헌에 도착하자 기다렸다는 듯 문이 열리고 안에서 창노한 목소리가 들려왔다.

"들어오너라."

"예, 아버님."

서문종천은 몸가짐을 똑바로 하고 모옥 안으로 들어갔다.

모옥 안은 밖에서 보는 것보다 넓었다. 방 안에는 서책을 꽂을 수 있는 서가로 가득 차 있었는데 이상하게 서가에 꽂힌 책은 겨우 두 권이 전부였다.

서문종천의 눈에 경악의 빛이 일렁였다. 책을 채우는 것은 누구나 할 수 있는 일이다. 하지만 비우는 일은 그보다 몇 배, 몇십 배는 더 어려운 일이다. 특히 서문세가 사람들처럼 머리가 좋은 사람들이라면 말이다.

하물며 이곳의 주인은 아홉 하늘 중 한 명인 서문화이다. 서책을 버렸다는 것은 궁극의 지혜를 향한 탐욕을 거의 벗어던졌다는 뜻이다. 마지막 남은 두 권의 서책은 그의 마지막 미련일 터였다.

서가의 중앙에는 서책을 읽을 수 있는 조그만 좌탁이 있고,

누군가 창문을 통해 들어오는 햇살을 등지고 앉아 있었다. 일흔 초반으로 보이는 노인이었다.

언뜻 평범해 보이지만 노인의 눈은 천하의 모든 지혜를 담고 있는 듯 깊고 유현했다.

서문종천이 노인 앞에 무릎을 꿇고 고개를 숙였다.

눈앞에 앉아 있는 노인이 서문세가의 실질적인 수장이며 아홉 하늘 중 한 명인 서문화였다.

"아버님, 소자 부르심을 받고 왔습니다."

"가주, 고개를 들게."

"예, 아버님."

서문종천이 고개를 들어 서문화를 바라보았다.

"일은 어떻게 진행되고 있는가?"

"아버님의 말씀대로 한 치의 오차도 없이 진행하고 있습니다. 걱정하지 마십시오."

"만전을 기하시게."

"물론입니다. 소자가 어찌 아버님이 지시하신 일을 소홀히 할 수 있겠습니까?"

"으음."

고개를 끄덕이는 서문화의 눈에 안타까움이 스쳐 지나갔다.

천재라고 불려도 부족함이 없는 자식이지만, 그의 기대에는 많이 모자라기 때문이다.

'수성(守成)할 수 있는 능력은 되지만 무에서 유를 창조할 능력이 모자라는 것이 흠이라면 흠. 안타깝구나. 혜령이 그 아이가 사내로 태어났다면……'

서문세가의 자손 중 그의 눈높이를 충족시키는 아이는 오직 서문혜령 한 명뿐이었다. 하지만 서문화는 그런 속내를 절대 드러내지 않았다.

"만전을 기하거라. 조만간 다른 아홉 하늘이 직접 움직일 것이다."

"정말입니까?"

서문종천이 놀라 고개를 쳐들었다.

"그렇다. 이제까지 서로를 견제하느라 심력을 소모했지만, 밀야가 다시 세상에 나타난 이상 그럴 필요가 없어졌지."

"하면 아버님도?"

"이제 세상으로 나갈 때가 된 것 같구나. 천기가 혼탁해."

지난밤 서문화는 보았다.

고요하던 별의 바다에서 천기가 요동치는 것을.

사멸했다고 생각하던 북천좌(北天座)가 미약한 빛을 발산하고 있었다.

북천좌는 그와 상극의 별자리.

'확인해야 한다. 북천좌의 주인을. 그리고 두 번 다시 빛을

발산할 수 없게 말살해야 한다.'

현묘한 신광을 발하는 서문화의 눈빛 속에 한줄기 살기가
깃들었다.

*　　　　*　　　　*

그곳은 오래전에 버려진 곳이었다.

칼처럼 뻗은 높다란 산이 병풍처럼 둘러싸고 있는 분지에
는 폭포와 계곡이 존재했다. 하지만 계곡을 흐르는 물은 시커
멓게 변해 지독한 악취를 풍기고 있고, 나무들은 말라죽어 을
씨년스러움을 더하고 있었다.

한때 분지를 가득 채웠던 고루전각들은 오래전에 버려지
고 방치되어 간신히 형태만 유지하고 있었다. 버려진 지 수십
년의 세월이 흘렀지만, 이곳에는 아직도 죽음의 기운만이 가
득했다.

오래전 버려진 이곳에 사람들이 모여들기 시작한 것은 반
나절 전부터이다. 제일 먼저 모습을 드러낸 이는 늙은 악공이
었다. 커다란 거문고를 등에 짊어지고 온 늙은 악공은 분지
한가운데의 공터에 앉아 탄주를 하기 시작했다.

반개한 늙은 악공의 눈에는 깊은 슬픔이 담겨 있었다. 그
슬픔이 고스란히 음률에 담겼다. 그의 슬픔에 동조하듯 먹장

구름이 하늘을 시커멓게 뒤덮었다. 바람은 그의 음률을 멀리 실어 날랐고, 산천초목마저 흐느껴 우는 듯했다.

후두둑!

마침내 먹장구름이 비를 토해내기 시작했다. 늙은 악공의 머리에도 비가 떨어졌다. 머리를 따라 빗물이 흘러내리고, 옷이 축축하게 젖어갔다. 그래도 늙은 악공의 연주는 멈출 줄을 몰랐다.

그런 늙은 악공을 안타까운 시선으로 바라보는 남자가 있었다. 마치 검은 날개처럼 펄럭이는 피풍의와 쏟아지는 빗속에서도 선명하게 빛나는 황금빛 안광.

천하에 수많은 무인이 존재하지만 이렇듯 극명한 특징을 가진 남자는 단 한 명밖에 없었다. 흑익신창, 그가 모습을 나타낸 것이다.

흑익신창의 시선은 늙은 악공에게서 떨어질 줄 몰랐다.

천공음마(天空音魔) 윤천학.

그는 하나뿐인 제자 금단엽을 추모하고 있었다.

제자를 위해 연주하는 진혼가였다. 그를 보내주는 윤천학의 마지막 의식이었다.

그 깊은 슬픔을 감히 짐작조차 할 수 없기에 흑익신창은 아무런 말도 할 수 없었다. 그저 말없이 지켜볼 뿐이다.

그때였다. 윤천학의 뒤쪽에서 거대한 그림자가 불쑥 일어났다. 마치 흑곰처럼 거대한 동체와 등 뒤에 교차로 멘 두 개의 커다란 도끼, 산발한 머리를 어깨까지 치렁치렁 늘어뜨린 거인의 등장에 공기가 급속히 요동치기 시작했다.

"큭! 누가 이리 청승을 떠나 했더니 음마(音魔)였구만."

윤천학을 보는 거인의 입매가 뒤틀렸다. 그런 그의 몸에서는 가공할 패기가 흘러나오고 있었다.

"오랜만이군, 추산."

거한이 목소리가 들려온 방향을 바라보았다. 그곳에 황금빛 안광을 토해내는 남자가 서 있었다.

거한이 씨익 웃었다.

"문천."

그는 흑익신창이란 별호 대신 이름을 불렀다. 아는 사람이 거의 없는 우문천이란 진명(眞名)을.

우문천의 눈빛이 깊이 침잠되었다.

거한의 이름은 만추산, 별호는 파천마부(破天魔斧). 우문천과 마찬가지로 그 역시 사대마장의 일원이었다.

마치 활화산처럼 공격적인 성향과 압도적인 육체 능력 때문에 사대마장 중에서도 가장 강한 파괴력을 갖고 있다는 평을 들었다.

"삼십 년 만에 만나는 것인가?"

"흐흐! 그 정도는 된 것 같군. 그때나 지금이나 자네는 하나도 변하지 않았군."

"자네도 마찬가질세."

수십 년의 세월이 흘렀지만 그들의 외모는 전혀 변하지 않았다. 세월의 흐름이 오직 그들만 비껴 간 듯했다. 하지만 그들 중 그에 의문을 품는 이는 누구도 없었다.

그때 또 다른 목소리가 들려왔다.

"제가 제일 먼저 온 줄 알았는데 세 분이나 먼저 오셨군요."

차분하면서도 이지적인 목소리에 두 사람의 고개가 돌아갔다. 그곳에 그녀가 있었다.

눈부시게 아름다운 외모를 가진 삼십 대의 미부. 머리카락은 부드러운 흑청색이고 눈빛은 신비로운 은빛을 발하고 있다. 독보적인 미모와 존재감을 유감없이 발휘하는 여인은 바로 백야선자(白夜仙子) 소금향이었다.

그녀의 등장에 만추산이 씨익 웃었다.

"크큭! 오랜만이군, 마녀."

"당신은 하나도 변하지 않았군요."

"사람이 쉽게 변하면 죽을 날이 멀지 않았다는 뜻이지."

사대마장 중 셋이 한자리에 모였다. 그들의 가공할 존재감에 빗방울마저 침범하지 못하고 사방으로 튕겨 나갔다.

수십 년의 세월을 격하고 그들이 다시 한자리에 모였다. 하지만 모두가 모인 것은 아니었다.

흑익신창 우문천이 주위를 둘러보며 말했다.

"진명은 보이지 않는군. 역시 오지 않는 것인가?"

"또 천하를 떠돌고 있겠지. 그 인간의 방랑벽이 하루 이틀 일은 아니니까."

그들은 이 자리에 오지 않은 한 사람을 떠올렸다.

청풍마영(靑風魔影) 유진명.

그들과 같은 사대마장의 일원이자 천하에서 가장 빠른 존재. 청풍마영이란 별호처럼 그는 바람처럼 자유로운 영혼의 소유자였다. 특별한 일이 아니고서는 모습을 거의 드러내지 않는 경우가 많았다.

"하지만 우리가 결정을 내리면 가장 먼저 달려올 거예요. 그는 그런 사람이니까요."

소금향의 말에 모두가 고개를 끄덕였다.

때가 되면 오지 말라고 해도 올 사람이다. 지금 이 자리에 없다고 초조해할 필요도 없고 의심할 이유도 없었다.

그 후로도 다섯 명이 더 합류했다. 평범해 보이는 촌로도 있고, 밭을 갈다 나온 것처럼 보이는 아낙도 있었다. 시골이나 거리에서 흔히 볼 수 있는 그런 사람들이다.

하지만 그들의 몸에서는 사대마장 못지않은 기도와 존재감이 흘러나오고 있었다. 그들의 등장에 우문천이 중얼거렸다.

"육마존(六魔尊)까지 모두 모인 것인가?"

사대마장이 밀야의 대외적인 상징이라면 육마존은 실질적으로 밀야를 이끌어가는 자들이다. 그들은 천하 각지에 흩어져서 제자를 키우고 세력을 늘렸다.

서열은 사대마장이 위였지만 그들조차도 육마존을 함부로 대할 수는 없었다. 지금도 탄주하고 있는 천공음마 윤천학 역시 육마존의 일원이다.

사대마장에 이어 육마존까지 모두 모이자 장내에는 팽팽한 긴장감이 넘쳐흘렀다. 그제야 윤천학이 탄주를 멈추고 자리에서 일어났다.

"천학, 상심이 크겠군."

"단엽의 일은 정말 안타깝게 됐네."

육마존이 제자를 잃은 윤천학에게 위로의 말을 건넸다.

금단엽은 그들에게도 자식 같은 존재였다. 처음 무공을 익힐 때의 상기된 표정이 아직도 그들의 기억엔 생생하게 남아 있었다.

그들은 위로하고자 했지만 윤천학의 표정은 냉랭하기 그지없었다.

"난 자네들의 위로나 받자고 대회합령을 요청한 것이 아니네. 단엽은 우리가 세상으로 나가길 원했네. 난 그 아이의 꿈을 이뤄주고 싶네."

"천학!"

"야주가 오시는 대로 정식으로 세상에 나갈 것을 요청하겠네."

"……."

윤천학의 말에 장내가 일순 침묵에 빠졌다.

몇몇은 흥분한 표정을 지었고, 몇몇은 우려 섞인 표정을 감추지 못했다.

육마존 중 가장 온화한 인상을 가진 촌로가 입을 열었다.

"천학, 많은 아이가 죽거나 다칠 걸세."

"언제까지나 그들을 억누를 수 없다는 것은 자네가 더 잘 알 걸세. 그들은 항상 세상에 나가길 원했지. 단지 우리가 그들의 뜻을 억눌렀을 뿐. 단엽은 그들을 대신해 죽음을 택한 걸세. 난 그의 죽음을 헛되게 하지 않을 걸세."

"으음!"

"단엽은 항상 밀야가 깨어나길 원했지. 세상을 향해 포효하길 원했고, 응징의 검을 빼어 들길 원했네. 자네들을 보게. 나를 보게. 현실에 안주해 젊은 아이들의 꿈을 억누르는 못난 늙은이들이 여기 서 있네."

윤천학의 목소리는 절규에 가까웠다. 깊은 울림을 담은 그의 목소리에 파천마부 만추산이 씨익 웃었다.

"흐흐! 이제야 정신을 차린 모양이군. 맞아. 단엽은 당신들이 죽인 거야. 당신들의 멍청함을 단엽이 일깨워 준 것이지."

만추산이 이제는 죽음의 대지가 된 분지를 둘러보며 소리쳤다.

"잘 봐라. 이곳이 우리의 터전이던 곳이다. 이곳이 어떻게 파괴되고 어떻게 우리가 쫓겨났는지 벌써 잊은 것인가? 그렇다면 너희는 정말 대책 없는 머저리가 분명하다."

"파산마부, 말이 너무 심하시오. 아무리 당신이 사대마장의 일원이라지만 우리 역시 육마존. 최소한의 예의는 지켜주시오."

만추산의 도발에 발끈해 사십 대 중반의 중년인이 앞으로 나섰다.

도살장에서 금방이라도 소를 잡을 듯한 백정에 가까운 복장을 한 중년인의 몸에선 거친 살기가 여과 없이 발산되고 있었다. 그의 가공할 살기에 바람마저 숨을 죽이고 빗방울이 타닥 소리를 내며 사방으로 튕겨 나갔다.

칠지마존(七指魔尊) 장황.

육마존의 일원이자 천하에서 가장 살기가 짙은 도법인 야수도(野獸刀)의 주인이기도 했다. 제아무리 사대마장이라 할지라도 쉽게 볼 수 없는 상대인 것이다. 하지만 우문천은 표정 하나 변하지 않고 이죽거렸다.

"왜, 한번 해보려고?"

"정녕 이렇게 나올 것이오?"

장황의 눈꼬리가 하늘로 치켜 올라가면서 살기가 몇 배나 더 증폭됐다. 그러자 만추산이 씨익 웃으며 공력을 끌어 올렸다.

우웅!

살기와 살기가 부딪치며 공명을 일으켰다. 보통 사람이라면 숨도 쉬기 힘들 만한 압박감이 공기를 타고 사방으로 퍼져 나갔다.

그야말로 일촉즉발의 긴장감이 장내에 감돌았다.

그때 윤천학이 앞으로 나섰다.

"자네들끼리 싸울 필요 없네. 어차피 결정은 야주께서 하실 테니까."

"으음!"

윤천학의 말에 두 사람이 서서히 내공을 거둬들였다.

야주(夜主).

밀야를 이끄는 절대자.

제아무리 사대마장이나 육마존이라 할지라도 그의 결정을 거부할 수는 없었다. 그는 명실상부한 어둠의 주인이니까.

지난 수십 년 동안 밀야는 전력을 다해 야주를 탄생시켰다.

그들을 지배하고 이끌어줄 진정한 주인을.

지금쯤 그가 이곳으로 오고 있을 것이다.

윤천학이 하늘을 올려다봤다.

어느 샌가 비는 멈추고 맑은 하늘을 드러내고 있었다.

"야주께서 어떤 결정을 내리더라도 나는 따를 것이네. 개처럼 기라면 길 것이고 짖으라면 짖을 것이네. 내 제자 단엽을 죽인 북검을 죽이고 운중천을 응징할 수 있다면."

자식과도 같은 제자를 잃은 스승의 원한 어린 목소리가 바람에 흩어졌다.

*   *   *

진무원이 갑자기 고개를 들어 전방을 올려다봤다.

"엉? 왜 그래?"

명류산이 그런 진무원을 보며 이상하다는 듯이 고개를 갸웃거렸다. 하지만 진무원은 대답 없이 한참 동안이나 앞을 바라봤다.

도도히 흐르는 장강의 끝자락에 거대한 도시가 그 윤곽을 희미하게 드러내고 있었다.

"무한(武漢)인가?"

호북성의 성도 무한.

중원의 모든 문물이 교차하는 곳, 그리고 그 배후에 운중천이 존재한다. 이제부턴 운중천의 앞마당이나 다름없었다.

진무원의 머릿속에 수많은 상념이 주마등처럼 스치고 지나갔다.

북방의 거친 하늘, 그 아래 스스로 죽음을 택할 수밖에 없었던 아비와 거친 바람 아래 고개를 숙여야만 했던 자신의 모습이 교차됐다.

"십…… 년, 십 년이 걸린 것인가? 이곳에 오기까지."

그 오랜 시간을 돌고 돌아 드디어 이 자리에 왔다.

운중천, 그 절대자들의 대지에.

『북검전기』 7권에 계속…

초대형 24시 만화방

신간 100%, 샤워실, 흡연실, 수면실(침대석), 커플석, 세탁기 완비

▪ 시흥 정왕25시점 ▪

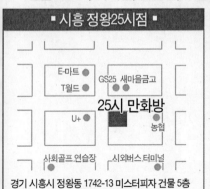

경기 시흥시 정왕동 1742-13 미스터피자 건물 5층
031) 319-5629

▪ 강북 노원역점 ▪

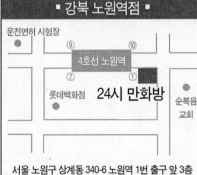

서울 노원구 상계동 340-6 노원역 1번 출구 앞 3층
02) 951-8324 (화용빌딩 3층)

▪ 일산 정발산역점 ▪

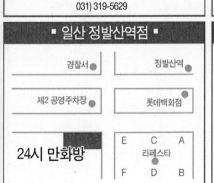

라페스타 E동 건너편 먹자골목 내 객잔건물 5층
031) 914-1957

▪ 일산 화정역점 ▪

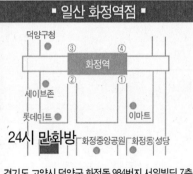

경기도 고양시 덕양구 화정동 984번지 서일빌딩 7층
031) 979-4874 (서일사우나 건물 7층)

▪ 부천 역곡역점 ▪

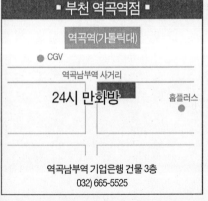

역곡남부역 기업은행 건물 3층
032) 665-5525

▪ 부평역점 ▪

(구) 진선미 예식장 뒤 한신포차 건물 10층
032) 522-2871

천마님, 부활하셨로다

정영교 新무협 판타지 소설
FANTASTIC ORIENTAL HEROES

다시 부활한 천마의 포복절도한 마교 되살리기!

마도의 본산지 십만대산(十萬大山) 마교.
마교 역사상 최악의 위기가 다가왔다!

무림맹의 무림통일로 마교의 영광은 먼 과거가 되어버리고
마교는 옛 영광을 되찾기 위해 시조(始祖) 천마를 부활시키는데…

"오오오, 처… 천마님! 부… 부활하셨나이까!"
"이 미친놈들이 지금 무슨 짓을 저지른 건지는 알고 있는 게냐?!"

하나 점점 악화일로로 치닫게 되는 상황 속에서
과연 천마는 마교의 영광을 되찾을 수 있을 것인가!

지금, 유일무이한 천마의 통쾌한 이야기가 시작된다!

Book Publishing CHUNGEORAM

문학이 머닌 자유추구
WWW.chungeoram.com

FUSION FANTASTIC STORY

담덕사랑 장편소설

삼국지

대한민국의 평범한 교생이었던 진수현.
갑작스러운 지진에 휘말려
간신히 몸을 피했다고 생각한 순간.
그의 눈에 보인 것은 고대 중국 후한시대,
피비란내 나는 전쟁터였다.

"어떻게든 살아남아야 한다!
그래야 돌아갈 수 있어!"

시간을 거슬러 거센 난세의 격랑 속에 빠져 버린 남자.
새로운 삶을 개척하는 그의 손에
대륙의 역사가 바뀐다!

Book Publishing CHUNGEORAM

유비이아닌 자유추구
WWW.chungeoram.com